LA INVENCIÓN DE TRISTAN

colección andanzas

Obras de Adrien Bosc
en Tusquets Editores

La columna

La invención de Tristan

ADRIEN BOSC
LA INVENCIÓN DE TRISTAN

Novela

Traducción de Patricia Orts

TUSQUETS EDITORES

Título original: *L'invention de Tristan*

1.ª edición: marzo de 2026

Traducción: © Patricia Orts García, 2026
Diseño de la colección: Guillemot-Navares

www.tusquetseditores.com
ISBN: 978-84-1107-750-7
Depósito legal: B. 24.522-2026
Fotocomposición: Realización Tusquets Editores
Impresión y encuadernación: Unigraf, S.L.
Impreso en España

A Baptiste y Lulu,
en recuerdo de Manu

No perder nunca de vista el diagrama de una vida humana, que no se compone, por más que se diga, de una línea horizontal y dos perpendiculares, sino más bien de tres líneas sinuosas perdidas hacia el infinito, constantemente próximas y divergentes: lo que un hombre ha creído ser, lo que ha querido ser, y lo que fue.

MARGUERITE YOURCENAR,
Memorias de Adriano[*]

[*] Marguerite Yourcenar, *Memorias de Adriano*, Barcelona, Edhasa, 1982, traducción de Julio Cortázar. *(N. de la T.)*

I
Egolf, una introducción

Un objeto en movimiento tiende a permanecer en movimiento. Un caballero en reposo suele revolverse en su tumba.

Tristan Egolf, *El amo del corral**

* Todas las citas de *El amo del corral* pertenecen a la edición de Seix Barral, Barcelona, 2026, traducción de Jaime Zulaika. (*N. de la T.*)

1

Hace poco más de un año, me encontraba en la esquina de la Avenue Parmentier con la Rue du Faubourg-du-Temple, en el distrito XI, rebuscando en la caja de libros de ocasión pegada al escaparate de una librería, cuando, en la cubierta de una novela de bolsillo, me llamaron la atención la fotografía en sepia de un hombre tapándose parte de la cara con la palma de la mano, y un título extraño: *El amo del corral.* Una escueta nota biográfica presentaba al autor, un desconocido: «Tristan Egolf nació en 1971 en Pensilvania. Vivió en París y Nueva York y publicó tres novelas: *El amo del corral* en 1998, y *La chica y el violín* y *Kornwolf* en 2002. Murió el 7 de mayo de 2005».

De esa forma, si es que es absolutamente necesario fijar un momento para contar los días y las horas, supe por primera vez del escritor Tristan Egolf.

Llevaba casi dos años viviendo en ese barrio, situado entre Belleville y el canal Saint-Martin. Me había instalado en él siguiendo a una chica que luego se había convertido en mi mujer, una francesa emigrada a Brooklyn cuya nostalgia por su país me había arrastrado hasta ahí, no sin antes haber tenido que abandonarlo casi todo por ella. Más tarde, fue ella la que me dejó por un francés y yo me quedé perdido en una ciudad que detestaba, con la esperanza de que cambiara de opinión antes de que yo me decidiera a hacer el equipaje. En aquella época, mi vida se dividía entre dos países y dos historias. Subsistía gracias a las clases de inglés que impartía en una academia de la Rue Soufflot y dormía en el sofá de mi exsuegra, una presentadora de radio, que me había acogido sobre todo para fastidiar a su hija y a su nuevo yerno, más que por piedad hacia su «americano en París», como le gustaba llamarme.

Había iniciado mi carrera periodística en Nueva York, y me había estrenado en el departamento de verificación: una escuela de investigación en opinión de algunos, un hogar para moribundos según otros. En un régimen basado en la prueba y la acusación, era primordial comprobar los datos, contrastarlos hasta tres veces, recopilar y validar el texto literal de los artículos cotejándolo con las fuentes. Aunque los verificadores ocupábamos el último eslabón de la cadena alimentaria —los reporteros el primero—, en la redacción éramos todopoderosos. En una época en que los juicios y los escándalos, amplificados por las redes sociales, podían borrar de un plumazo la mesura y la reputación, el lugar donde se censuraban y aprobaban los textos ocupaba el centro del juego. Pocos de mis colegas habían abrazado la profesión de *fact-checker* por elección propia. Soñaban con escribir para la revista y, entretanto, tachaban, examinaban, amputaban, pulían o saboteaban sin piedad los artículos que los compañeros que pertenecían a otra casta, los reporteros, verdadera aristocracia de la publicación, tenían a bien dejar releer a ese ejército en la sombra. Los reporteros, tipos a menudo arrogantes y seguros de sí mismos que se derrumbaban apenas ponían un pie en nuestra planta, eran conscientes de que otros corregirían sus tropiezos y, aunque nos consideraban una suerte de policía de la escritura, en el fondo les encantaba que combatiéramos su ligereza.

Los mejores verificadores teníamos asignados a determinados periodistas. Admirábamos de ellos el estilo o las dotes investigadoras, en ocasiones incluso los dos aspectos. Y el sentido de la narración, la capacidad de contar fluidamente una historia en decenas de miles de palabras con precisión y elegancia.

Antes de que me contrataran, tuve que responder en voz alta un cuestionario que duró unos veinte minutos y en el que se mezclaban de forma confusa preguntas propias de crucigramas para expertos, la tabla periódica de los elementos, títulos de relatos olvidados de J.D. Salinger, una lista de escritores realistas y oscuros del siglo XIX y una serie de anécdotas deportivas, sobre todo referentes al béisbol y al boxeo, con preguntas que iban desde el nombre del conejo que tenía el hijo de Nathaniel Hawthorne hasta cuántos cuadrangulares había hecho Babe Ruth en 1934, el nombre del lago de Thoreau o el número que llevaba en la espalda el alero de los Knicks en la temporada 1992-1993. Desconozco en virtud de qué milagro al final de la entrevista recibí una oferta de trabajo de *The New Yorker*. Sin saber si se lo debía a mis estudios de periodismo o a mi hipermnesia para los datos inútiles, pasé los dos meses siguientes aprendiendo del decano de los verificadores los rudimentos del oficio. Una enseñanza en tres tiempos: releer, cuestionar y cotejar. Jamás reescribir. En caso de que hubiera que hacerlo, significaba que el texto no era bueno. En pocas palabras, según mi maestro, en nuestro oficio no se trataba de convertir un burro cojo en un caballo de carreras.

Al principio trabajaba para otro verificador, un tipo bastante pérfido cuyo humor melancólico se disipaba a medida que iba encontrando errores, que luego mandaba por correo electrónico al periodista culpable. «Si me permite, y aunque es perfectamente posible que me equivoque (léase: imposible), la edad de la madre cuando se produjeron los hechos no era ochenta y tres años, sino ochenta y dos; imagino que se refiere a la edad en el momento del proceso, cosa que contradice el uso del presente en ese párrafo» (entre líneas: «¿podrías releerlo, por el amor de Dios?»).

En parte, nuestro trabajo consistía en examinar minuciosamente, como si fueran las pruebas de un juicio, los cuadernos que nos entregaban esos reporteros —la caja negra del artículo, por decirlo de alguna manera—, los contactos, las declaraciones recogidas, los hechos anotados y los detalles meticulosamente registrados. Medio expertos en seguros, medio detectives privados, medio policías, medio inspectores a toro pasado, los verificadores retomábamos o, mejor dicho, rebobinábamos la investigación que se había llevado a cabo. Había que comprobar su mecánica general igual que se revisa un vehículo, examinando todas y cada una de sus piezas para constatar su solidez y, por tanto, su absoluta fiabilidad. Una demostración matemática y una prueba de choque en un único movimiento.

El resultado se lo comunicábamos a un solo hombre, el director editorial, pero teniendo muy presente la naturaleza esencialmente anarquista del periódico, que, al tiempo que infundía la idea de competitividad (de delación), despreciaba el arribismo de los buenos alumnos a través de la persona de ese redactor jefe, poseedor de un soberano desdén contra el que nadie podía combatir, hasta el punto de que este parecía, tanto por su carácter como por su cultura, la encarnación del espíritu de la revista.

¿Cómo describir a Henry Finder? Empezando ya por el nombre: *Finder*. Literalmente, el que encuentra. Su nombre, una antonomasia en buena jerga universitaria, era la definición misma de la profesión. *Finder* era el representante de la tribu de los «buscadores» mientras que nosotros pertenecíamos al círculo de los «verificadores», los intocables, tan temidos como ridiculizados. En una revista donde la línea sutil que separa la literatura del periodismo se erigía en norma, aquellos que se desenvolvían en ella cultivaban, ya fuera deliberadamente o a su pesar, una forma novelesca de existencia o de apariencia. Era el caso de Henry Finder. Taciturno y misterioso, tan cordial como burlón, recluido en su despacho de la planta cincuenta y siete, representaba todo aquello que nos gustaba de la revista: la exigencia literaria; la obsesión por la verdad; un desapego extremo, rayano en la frialdad, y un humor irónico. Lo temíamos porque lo respetábamos, no al revés. Nadie lo había oído levantar nunca la voz; hablaba siempre en el mismo tono, al límite de lo audible. Al final de una conversación farfullaba, como telegrafiadas, unas pocas palabras, pero que eran un parecer firme (tan seguro como un pulgar levantado o bajado) sobre el enfoque de un artículo o sobre una de nuestras intervenciones, un «hum, sí, bueno...» o «sí, bueno...». Nada le resultaba más penoso que verse obligado a explicar algo para que lo entendiéramos, por lo que un «sí..., bueno..., ¿estás seguro?» era, como mucho, la instrucción más clara que podíamos sacar de él.

Yo era desordenado, siempre llegaba tarde y era nuevo en el trabajo. Aun así, Henry me protegía. Durante dos años me llevó una vez al mes a comer al Odeon, un restaurante de Broadway situado en la esquina con Thomas Street. Era un local literalmente ocupado por la revista, de manera que el hecho de que me sentara a la mesa de Henry, la del fondo a la derecha, próxima a la ventana, me situaba en una casta especial, la de aquellos a los que Henry «soportaba» o a los que al menos «podía soportar durante el tiempo que duraba una comida», lo que, según los observadores más perspicaces de la redacción, era todo un «fenómeno». Cuando Henry consideraba que algo o alguien eran dignos de interés, daba unos golpecitos con los dedos en la mesa, una señal que lo delataba y que la mitad de las veces ofendía a su interlocutor, quien interpretaba el gesto como una torpe invitación a poner punto final a la conversación.

El día en que le anuncié que me marchaba, dejó de dar golpecitos en el mantel y suspiró. *The New Yorker* ya tenía en París una corresponsal a la que yo no tenía ninguna posibilidad de sustituir; él podía ayudarme encargándome alguna revisión —aunque no fuera nada comparable a lo que me confiaba en el periódico—, porque a Henry no le gustaba trabajar a distancia. Fuera como fuese, me sustituirían en una hora. Henry se limitó a decirme, sin que yo alcanzara a comprender si se trataba de una invitación muy indirecta a escribir para la revista, una frase acorde con la idea que un estadounidense tiene de París o, más bien, con la cortesía que se dispensa a un hombre perdido para la causa: «Bueno..., pues... así tendrás tiempo para leer y puede que para escribir».

*

Leí por primera vez *El amo del corral* en el autobús 96, que me llevaba de la Rue du Faubourg-du-Temple a Montparnasse, y no entendí una palabra. La transposición al francés del argot de Pensilvania pecaba de la afectación propia de una escritura barroca, cuajada de palabras incomprensibles, cuya forma original podía reconocer vagamente traduciéndolas al revés, como en el caso de las «ratas de río» o de las «arpías metodistas». Tras leer las cincuenta páginas de un prólogo en forma de argumento en el que el lector acaba comprendiendo extenuado que se trata del preámbulo de la narración de una epopeya traumatizante y festiva del pueblucho, contada por uno de los apóstoles del tal «amo», uno se adentra de golpe en la infancia de este. Después de esforzarme por descifrar en francés un libro que habría podido leer en la versión original, acabé yendo a la librería Shakespeare and Company. Pero no contaba con la peculiaridad del asunto. Los libros de Tristan Egolf, que se encontraban sin dificultad en las librerías francesas, estaban agotados en las ediciones inglesas o estadounidenses y el nombre del autor no le decía nada a nadie. Un amigo de Nueva York dio con un ejemplar en Strand, la institución por excelencia del libro de ocasión, y me lo envió. La edición de *Lord of the Barnyard* de Tristan Egolf que había publicado Grove era bastante diferente de la versión francesa. En la cubierta aparecía un hombre saltando, empuñando un Winchester y con los zapatos llenos de barro; una tipografía propia de una botella de Jack Daniel's clasificaba el libro de inmediato en la sección imprecisa aunque bastante surtida de la «literatura rural» o «del Oeste». Algo a caballo entre Jim Harrison y Edward Abbey. Pasé dos días sumergido en las seiscientas páginas de letra bien apretada, llenas de una escritura ingeniosa y en ocasiones confusa, con hallazgos agudos y soluciones desesperadas, que oscilaba, según el grado de severidad con el que se juzgara, entre un monstruo del arte marginal y un avance decisivo en la literatura de los años noventa, que estaba tocando a su fin.

Se trata de la historia de un personaje medio demonio y medio salvador contada por un grupo de apóstoles suyos, procedentes de un rincón perdido de Estados Unidos. Todo sucede en Baker, un pueblo como tantos otros del Corn Belt, la región maicera del Medio Oeste, gobernado por una fauna de blancos de clase baja, en su mayoría alcohólicos, pobres de necesidad, violentos, ignorantes y armados, degenerados y codiciosos. Poco a poco, sin vacilar, los narradores van desplegando la biografía de John Kaltenbrunner, el amo del corral. Es hijo de Ford Kaltenbrunner, subdirector de la fábrica de carbón, que muere en una explosión de la mina antes de que nazca el niño. La madre y el hijo viven recluidos en la granja que había comprado el padre. De niño, John es descrito como un personaje aparte, singular, por no decir extraño. A los nueve años ya ha restaurado la granja familiar y ha empezado a criar pollos. Lejos de maravillarse de las hazañas de su hijo, la señora Kaltenbrunner se inquieta por él, como si esas hazañas fueran más bien las fechorías de un monstruo. Estudiante mediocre a pesar de ser inteligente, el niño pronto se convierte en el chivo expiatorio de la comunidad. La historia da un vuelco cuando John encuentra el tesoro escondido en la mesa de trabajo de su padre: los vestigios arqueológicos que este halló en la mina. El hijo, que vive a la sombra de un padre fantasma y fantaseado, intenta esconder el botín. Después, como arrastrado por un torbellino de desgracias, John se enfrenta sucesivamente a la devastación de la granja en el curso de una tormenta, a la muerte de la enorme oveja llamada *Isabelle,* y a la enfermedad fulminante de su madre. Obligado a llevarla al hospital, el niño, que no tiene permiso de conducir, causa un accidente. Los policías y el personal del centro sanitario parecen confabularse contra el casi huérfano, quien les paga con la misma moneda golpeando a una empleada de la limpieza que acaba de tirarle un trapo a la cara. En ese momento comienza la persecución. Olfateando la muerte y la enfermedad, la Iglesia metodista de Baker, que ha desarrollado un sistema para apropiarse de los bienes de los desheredados y los afligidos, empieza a merodear en torno a la granja de Kaltenbrunner. Con el pretexto de ayudarlos, una horda de devotas capitaneadas por su jefa, Hortense Allenbach, encarnación de la perversidad del mal, se abalanzan sobre la propiedad para desmantelarla pieza a pieza, centavo a centavo. La madre, enferma y presionada por los metodistas, cede sus bienes a la Iglesia. Tras una batalla campal, John saquea en un acceso de rabia lo que resta de la granja familiar. Atrincherado, rodeado por la policía del condado, dispara con rifle a los asaltantes. Lo condenan a tres años de trabajos forzados en un barco que navega por el Misisipi. Tiene dieciséis y promete vengarse.

Regresa a Baker con diecinueve años. Paria entre los parias, exconvicto, encuentra empleo en una granja avícola. Un trabajo abominable, tan mal pagado que solo los inmigrantes aceptan esa suerte de explotación. John se integra, empieza a beber por la noche con los demás obreros en una taberna y da la impresión de haber desistido de vengarse, cuando descubre durante un examen psiquiátrico obligatorio que Hortense Allenbach, la arpía metodista, no solo es su tutora, sino que, además, se le paga por ello... Tiene un nuevo arrebato e, igual que cuando destruyó la granja, destroza el piso donde vive, remedando a Klaus Kinski. Después del incidente, del que él es la única víctima, la granja lo despide sin indemnización. Al pobre desgraciado, medio vagabundo en un pueblo cuyos habitantes le hacen la vida imposible hasta en la cama, lo ayuda todo lo que puede Wilbur Altemeyer, un vecino basurero. Como último recurso, consigue que lo contraten en el servicio de limpieza municipal. Basurero en compañía de otros menesterosos, Kaltenbrunner se transforma con bastante rapidez en un líder capaz de incitar a la revuelta. Cambios en los recorridos de los camiones de la basura para castigar a ciertos habitantes, venganzas por antiguas humillaciones, altercados en los bares, huelgas sorpresa e ilimitadas que sumen en el caos a un pueblo al borde del colapso: van colocándose en su sitio los ingredientes del «acontecimiento», la gran revolución catastrófica que sus apóstoles, los basureros, contarán en el libro que tenemos en las manos (en ese momento, tras cuatrocientas páginas, por fin se entiende quiénes son los narradores). El castigo de Kaltenbrunner está en marcha: montañas de basura esparcidas por las calles de Baker, ratas, gusanos, el olor pestilente que invade el pueblo. Los habitantes de Baker persiguen a John, convertido ya en señor de la inmundicia, pero este huye y se refugia en el templo metodista con la intención de prenderle fuego después de haber robado el botín como último gesto de revancha. Después de que los granjeros enloquecidos incendien un campamento de *river rats* («ratas de río»), la novela termina con una hoguera de San Juan extraordinaria alrededor de la que se muelen a palos los jugadores y el público de un partido de baloncesto entre los equipos de Baker y de Pottville. Una batalla campal donde nada resiste a la locura exterminadora. En una última escena crística, aunque propia de un Cristo hijo de Satanás, hallan muerto a John Kaltenbrunner a orillas del río, tras una huida más parecida a una caza del hombre. Así vivió Kaltenbrunner. Así murió como amo y señor.

¿Era necesario que Tristan Egolf fuera estadounidense para que su rastro se hubiera borrado de esa manera? Nadie había prestado atención a su muerte ni a sus libros. Su país lo había olvidado. En París, por el contrario, su obra parecía haber cobrado cierta relevancia; su suicidio había conmovido; su recuerdo, aunque disperso, seguía estando presente. La novela que acababa de leer, la primera de Egolf, había llegado a convertirse en un libro de culto: una obra desconocida que pasa de mano en mano, circula por propagación, crece por el efecto del tiempo sobre el rumor. Hacía más de diez años de su muerte y el aura de «amo» seguía rodeando a Egolf. Su tumba lindaba con la de Fante o Bolaño.

El tiempo había hecho su trabajo, había borrado al escritor; solo existía el libro, que, autónomo y ágil, caminaba por su cuenta. A diferencia de Egolf, y a pesar de que su pretensión era mofarse de la cultura pop, David Foster Wallace se había convertido en un icono tras su muerte. Su imagen había sepultado su obra: su pañuelo y sus zapatillas superaban el poder de sus escritos. Era un póster en la habitación de un adolescente, encajado entre la portada de *Nevermind* de Nirvana y un mate de Jordan. Sus libros abarrotaban las estanterías, aunque nadie los leía, salvo algunos textos sueltos, más sencillos, como el breve opúsculo extraído de una conferencia que había dado a unos estudiantes graduados.

Mis conocidos habían leído *El amo del corral* de Egolf (ninguno había leído sus novelas posteriores) o habían oído hablar de la historia que había detrás del libro. Una historia que yo iba a descubrir poco a poco, envuelta en una suerte de leyenda, forjada a veces por el propio autor y otras por su editor, feliz de tener un relato que vender además de la novela. Porque, como sabemos, la literatura ya no basta por sí sola. Un cuento moderno: érase una vez un escritor estadounidense que está sin blanca y que acarrea de un lado a otro un manuscrito rechazado por todas las editoriales de la Costa Este, que encuentra refugio en París, en una buhardilla, en el edificio donde vivió Hemingway. El joven reescribe sin cesar esa novela monstruosa, vive de trabajos ocasionales y toca la guitarra en la calle. Un domingo, en el Pont des Arts, mientras interpreta temas clásicos de Bob Dylan, conoce a una chica de la que se enamora. No sabe su edad ni su nombre. Se vuelven inseparables y empiezan a vivir juntos. Ella es hija de un escritor francés cuyos libros y relevancia él desconoce. Un día, el padre encuentra el manuscrito del joven, lo envía a su editor, el texto circula y, contra todo pronóstico, se impone la evidencia literaria. El libro se traduce. Ironías del destino, los mismos que lo habían desestimado en el país de su autor ahora se lo disputan.

«Así tendrás tiempo para leer y puede que para escribir», me había dicho Henry Finder. Por lo visto, le había hecho caso, porque, sin saber muy bien por qué, la historia de Tristan Egolf me ocupaba por completo. ¿Acaso porque Egolf había sido un exiliado voluntario en París, igual que yo, o simple y llanamente porque el azar lo había puesto en mi camino y representaba, sin que yo acabara de asumirlo, una vía de escape suficientemente poderosa para mi tormento? Un objeto en que fijarme para olvidar un desengaño amoroso. Una manera de no deprimirme aferrándome a otra vida, como quien rompe a golpes los tabiques de una casa en ruinas y aplaca su miserable dolor refugiándose en la obstinación. Buscar en la escritura de una semblanza una forma de olvidar, abreviar la espera sumergiéndome en un reportaje. Escribir expuesto a una realidad borrosa, atrapada entre dos países, extraviada en la traducción, enfrentada a unos sentimientos que, en cierto sentido, no podían diferir mucho de los míos.

2

Detrás del Centro Pompidou, en la parte trasera del edificio, hay una biblioteca pública inmensa. Como ocurre con la Biblioteca Pública de Nueva York, no se necesita un carnet para entrar, la única restricción es el aforo, por lo que una hora antes de la apertura la gente se agolpa a la puerta. Un sinfín de estanterías de acceso directo y distribuidas en varios niveles componen este lugar extravagante, donde una estudiante de medicina se codea con un vagabundo místico que copia algo con un rotulador fino en un pedazo de papel higiénico, desenrollado y luego vuelto a enrollar como si fuera un viejo pergamino que contiene oscuros tratados militares o la edición completa del *Mahabharata*. En la primera planta de este lugar emblemático y ocupado por apátridas, tras dejar atrás la sección destinada a las televisiones del mundo, hay un espacio dedicado a los archivos de la prensa diaria y las revistas. En él se encuentran todos los periódicos publicados desde la posguerra, que se pueden consultar con absoluta libertad: unas máquinas antiguas despliegan con gran estruendo las noticias reducidas a microfilm y las pasan a gran velocidad. En el rollo de *Le Monde* del año 2005, a una necrológica de Tristan Egolf escrita en caliente le seguía un retrato más detallado de dos páginas. La superposición de los dos textos revelaba la máxima habitual de la profesión: *cuando la leyenda supera a la realidad, se imprime la leyenda.*

*

Le Monde, 17 de mayo de 2005

TRISTAN EGOLF, ESCRITOR ESTADOUNIDENSE

por Christine Rousseau

Considerado por la crítica como uno de los grandes talentos de la literatura estadounidense, el autor se suicidó el sábado 7 de mayo en su ciudad natal de Lancaster (Pensilvania).

Nacido en 1971, la infancia de Tristan Egolf transcurre en una granja avícola. Abandona la universidad para unirse a un grupo punk con el que recorre los bares de Kentucky e Indiana. Tras una estancia en Ámsterdam, donde es «ministro de propaganda» de una compañía teatral, se instala en París en 1996. Tristan Egolf toca la guitarra en el Pont des Arts para ganarse la vida. Allí precisamente, bajo la lluvia, comienza una especie de cuento de hadas: Egolf le cuenta a una joven conmovida por su música que está terminando una novela y le entrega el manuscrito. La joven se la da a leer a su padre, que es ni más ni menos que Patrick Modiano.

Tras haber sido rechazado por casi cincuenta editoriales estadounidenses, Gallimard decide publicar *El amo del corral* y adquiere los derechos mundiales de la obra.

Épica y brillante, esta obra cuenta el ajuste de cuentas entre el jefe de un grupo de basureros y un pueblo minero. Tras esta novela, que en su día se consideró a la altura de las obras de Steinbeck y Faulkner, Tristan Egolf publica *La chica y el violín* (Gallimard, 2003). Próximamente saldrá su tercera obra, *Kornwolf*.

Militante pacifista, Tristan Egolf participó en numerosas manifestaciones en Lancaster contra la guerra de Irak, y llegó incluso a quemar una imagen de George Bush. También fue detenido en julio de 2004, durante una visita del presidente estadounidense, por haber formado junto a otros hombres en tanga una pirámide humana con la que pretendían denunciar las torturas que se llevaban a cabo en la prisión de Abu Ghraib.

*

Le Monde, 1 de julio de 2005

TRISTAN EGOLF, LA TRAYECTORIA METEÓRICA DE UN ESCRITOR

por Marion Van Renterghem

Tristan Egolf, joven escritor estadounidense descubierto por Patrick Modiano, escribe una obra maestra a la edad de veintitrés años. Al cabo de diez, se pega un tiro en la cabeza.

París, octubre de 1994. Un joven estadounidense posa la mochila en el Pont des Arts. Tiene veintidós años, cara rara de niño desaliñado, con una arruga en forma de i griega en la frente, y canta antiguos éxitos de Bob Dylan con su guitarra. Hace frío. Una joven tímida cruza el puente que comunica el Louvre con la Academia Francesa.

París, octubre de 1998. Un estadounidense que responde al extraño nombre de Tristan Egolf entra de forma estrepitosa en la escena literaria internacional. Gallimard ha publicado su primera novela, inmensa, *El amo del corral.* Será traducida a varios idiomas. La crítica aclama al genio. Evoca a Faulkner, a Steinbeck y a Malcolm Lowry.

Lancaster (Pensilvania, EE.UU.), mayo de 2005. Los periódicos locales anuncian la muerte de Tristan Egolf, escritor de treinta y tres años. El joven del Pont des Arts residía de nuevo en su ciudad natal. El sábado 7 de mayo se pegó un tiro en la cabeza. Su obra *El amo del corral,* una novela inaudita, visionaria y apocalíptica, llevaba este extraño subtítulo: «La matanza del ternero cebado y la insurrección de los lúcidos». Comienza una leyenda.

Ese día de octubre de 1994, el *crooner* tiene frío en los pies en el Pont des Arts. *«I played blues with blue ankles»,* dirá más tarde. La joven retraída que pasa por allí se llama Marie. Es Marie Modiano, hija del escritor del mismo apellido. Escribe poemas, aún no sabe que se convertirá en cantante y escucha al muchacho serio y entusiasta, que le habla en inglés de Céline y Rabelais, a los que Egolf devora.

Marie tiene dieciséis años, pero le dice que ha cumplido veintiuno. Él quiere creerla y, en cualquier caso, da igual, su relación ha comenzado ya. Ella lo lleva a casa de sus padres, él solo posee una guitarra y una mochila. La familia se encariña de inmediato con él, lo adopta.

Egolf escribe día y noche. Cientos de páginas manuscritas, tachadas, pulidas de forma obsesiva, cuyo efecto prueba con James y Shelly, una pareja de artistas, sus mejores amigos. Tristan coincidió con James en una universidad de Filadelfia, justo antes de abandonar el primer año de Filosofía y unirse a un grupo de música punk. Luego James conoció a Shelly. Los tres se instalan en París; Tristan no tiene domicilio fijo, ellos sí. «Vivía con nosotros», cuenta Shelly. «Éramos inseparables, no nos despegábamos nunca, como los huérfanos;

nos creíamos Scott y Zelda Fitzgerald, Tristan era Hemingway. No teníamos dinero y la vida era bella. Con Tristan todo era evidente.»

Con ellos experimenta frases, palabras que tiene el inusual talento de hacer suyas cargándolas de significado, anécdotas que impregnarán su novela. «En la calle hacía el payaso para alegrarnos», prosigue Shelly. «Cosas siempre extravagantes y divertidas. Podía tumbarse con sus maletas en un aeropuerto, o venir a nuestra boda, en pleno mes de agosto, vestido con un abrigo de lana. Era irresistible.» La llegada de Marie no rompe el trío; al contrario, la joven se une a él. Por las noches, Tristan canta en los cafés para ganar un poco de dinero.

Una noche de invierno de 1995, Patrick Modiano entra en la habitación de invitados para cerrar una ventana. «Fui un tanto indiscreto», confiesa. «Encima de la mesa había una cantidad de hojas alucinante. Apenas vi el manuscrito, tuve una intuición.» Modiano no entiende bien el inglés, pero no puede resistir la tentación de detenerse en esa escritura microscópica de letra apretada, con las tachaduras y los añadidos. Piensa en los textos del suizo Robert Walser. «Está mal que lo diga», cuenta, «pero no necesitaba leer su novela. Lo sabía. Puede que porque soy del gremio. Me bastó ver la cantidad de folios y a ese chaval que se pasaba el día escribiendo... Es difícil de explicar. Me pareció raro que un chico de veintitrés años aún redactara a mano con tachaduras a finales del siglo XX.»

En 1996 Tristan Egolf prueba suerte con los editores estadounidenses. La mayoría le exigen un «resumen» de la novela antes de leer el manuscrito. A la familia Modiano le divierte mucho la historia del resumen. «En la mesa jugábamos a resumir novelas», cuenta Patrick. «No tenía sentido. Lo intentábamos con el *Ulises* de Joyce. O con Proust: "A un niño le cuesta dormirse porque su madre no va a verlo".» Tristan envía sinopsis a una treintena de editores y lo desestiman una treintena de veces.

El verano de ese mismo año viaja con Marie a Lancaster, a los lugares de su adolescencia. Allí están su madre, su padrastro y su hermana Gretchen, que se ha convertido en actriz y a la que van a ver actuar a un teatro de Massachusetts. Viajan por el Medio Oeste, Indiana, Minnesota, Dakota. La América profunda, fascinante y odiada al mismo tiempo. La tierra que inspira a Tristan Egolf, donde pasó la juventud recopilando notas, analizando la sociedad y acumulando oficios como buceador, proyectista, tendero, paseador de perros, empleado de una empresa de pañales y después de una fábrica que producía cruces con la figura de Jesucristo.

Nacido en España, de madre pintora y padre periodista, los dos muy europeístas, Tristan tiene quince años cuando su padre se suicida. «Era un tipo de mi generación, que vivió los sucesos un tanto caóticos de los años sesenta, el impulso de vitalidad y el malestar existencial», explica Modiano. «Tuvo un destino deslumbrante, a la altura de aquella época. Vi de pasada a su madre cuando vino a París. Era una mujer amable, desbordada por ese hijo un tanto excepcional. No era fácil ser la madre de un Malcolm Lowry.»

En septiembre de 1996, Tristan y Marie se instalan en Londres. Ella asiste a clases de teatro mientras él finaliza su novela. «Me parecía muy angustiado», cuenta ella. «Sufría. Cuanto más se iba aproximando al final de la obra, más duro le resultaba. No sabía si la publicarían y eso era lo más importante para él.» Egolf termina la novela a principios de 1997. La pareja se separa para darse un respiro.

En París, la madre de Marie, Dominique, se aventura a leer el manuscrito. Armada con un diccionario de argot americano, se sumerge todas las noches en ese inglés denso, volcánico, sombrío y burlesco a la vez, grosero y sublime.

A medida que avanza en la lectura, el asombro de Dominique se acrecienta. «Es genial. ¡Atención, obra maestra!», le dice a su marido. Patrick no se sorprende: «Lo sabía». Piensa en los escritores estadounidenses de entreguerras a los que se descubrió en Francia o que publicaron en Francia. ¿Por qué no puede ser también el caso de Tristan Egolf? Modiano lleva en persona el manuscrito a Gallimard. Christine Jordis y Serge Chauvin hacen un informe elogioso. Este último confiesa estar «extremadamente impresionado». Gallimard publica la novela en otoño de 1998. De forma excepcional, la editorial adquiere los derechos para todo el mundo. Tristan se entera de la noticia a través de una llamada telefónica de Marie: «¿Estás sentado? ¡Todo está resuelto! Vengo de firmar tus contratos».

El joven autor no le da importancia. «No tenía nada del "hombre de letras a la francesa"», continúa Patrick Modiano. «Era una mezcla de dulzura y exuberancia, de amabilidad y exceso; de vitalidad y despreocupación en todo lo referente a la comodidad, con una especie de indolencia muy estadounidense. Le daba completamente igual dormir en un colchón, en una cama o en el suelo. Su vida siempre excesiva me recordaba a la de Malcolm Lowry. No dejaban de sucederle cosas increíbles. Un día tuvo un accidente y fuimos a buscarlo al Hôtel-Dieu. Tenía la cabeza vendada, parecía Apollinaire, y, no sé por qué, todo lo que lo rodeaba se había vuelto extraño. Era alguien que provocaba ciertas atmósferas.»

La magia continúa en Gallimard. La responsable de derechos extranjeros, Anne-Solange Noble, se toma *El amo del corral* como una causa personal y vende en trece países —incluso en Estados Unidos, donde habían desdeñado al genio— los derechos de traducción de esa novela intraducible. Tras ser publicada en Estados Unidos por Grove Atlantic, el más famoso de los agentes literarios, el inglés Andrew Wylie, apodado con razón «el Chacal», «secuestra» los libros posteriores de Egolf.

Modiano reflexiona en voz alta. «No logro encontrar en la literatura estadounidense un escritor capaz de crear una obra tan monumental entre los veintitrés y los veinticinco años. Mailer escribió *Los desnudos y los muertos* a esa edad, pero esa novela es una broma comparada con la de Egolf. La única que alcanza su nivel con idéntica precocidad es Carson McCullers, aunque en un género totalmente diferente, con un estilo más depurado. Lo que me sorprendió al leer el libro es el dominio del estilo en forma alucinada. Tristan Egolf halló el clasicismo en el delirio más absoluto, algo sin duda más difícil que la desmesura. Se enfrentó a una violencia que le concedió la visión apocalíptica, pero no deja de ser un estilista. En la alucinación y en cierto delirio, con una fuerza sórdida y burlesca, es muy clásico. Se lo puede situar junto a grandes escritores originarios de la América profunda como Faulkner, McCullers, Hemingway y Fitzgerald. Nada menos.»

Tras la publicación de *El amo del corral,* Tristan regresa a Estados Unidos. Se instala en el pueblucho que tanto detesta. Una población sin alma, lúgubre, ligada a su tormentosa adolescencia, a la muerte de su padre, y a su madre, que aún vive allí. Se siente más feliz en Europa, pero necesita observar la realidad estadounidense. Allí, en su pesadilla familiar, se gesta su visión del mundo.

La guerra estadounidense en Irak lo anima a entrar en política. Se lanza a un activismo militante contra George W. Bush. Crea un sitio web, lo detienen por haberse exhibido en tanga mostrando fotografías de las torturas que se infligen en Abu Ghraib a la vez que quema un retrato de Bush. Publica también una segunda novela, *La chica y el violín* (Gallimard, 2003). Después inicia una tercera, de nuevo una obra inconmensurable, construida con obsesión y tenacidad. Redacta cinco o seis versiones distintas. La última es de marzo de 2005. Y poco después muere, a los treinta y tres años. Al igual que John Kaltenbrunner, su héroe crístico.

«El suicidio de los escritores es singular», explica Patrick Modiano. «En mi opinión, Tristan se dejó la piel en el último libro y en ocasiones el trabajo literario te confina en una soledad insostenible.»

A principios de marzo, Tristan escribe un largo correo electrónico a Marie, el último. Para mantener el contacto y contarle las novedades. Ha conocido a una mujer y ha tenido una hija, que en ese momento tiene dos años. Da la impresión de que se siente feliz, pero le habla sobre todo de su compromiso político. «Me pareció raro», dice Marie. «Solo me contaba cosas de política y no era para nada así cuando nos conocimos. Él, que siempre lo exteriorizaba todo, se había vuelto reservado, casi demasiado correcto, ajeno a sí mismo.»

James y Shelly, sus amigos, aún no se han recuperado del asombro. «Hablamos por teléfono poco antes», recuerda Shelly. «Nos contó lo bonita que era su vida, lo guapa que era su hija y las ganas que tenía de venir a vernos.»

3

Fecha: 25 de agosto de 2023, 11:15
De: Zachary Crane
Para: Henry Finder

Querido Henry:
Voy a contarte una historia.
Se trata de un chico que escribe una obra maestra a los veintitrés años y se pega un tiro en la cabeza a los treinta y tres. Entre una cosa y otra, hay corridas de toros, combates de boxeo, un grupo punk, los amish, la ocupación de una casa sórdida en Filadelfia, una buhardilla al sur del Jardín de Luxemburgo, Rabelais y Brautigan, Faulkner y Modiano, Céline y Kennedy Toole, un manuscrito que viaja entre dos continentes, una libreta escrita con una letra minúscula, el Pont des Arts, los canales de Ámsterdam, las calles de Londres, los edificios ventosos de Alphabet City, mujeres, una joven y una niña. Es una historia sobre la escritura y el

abatimiento, sobre Estados Unidos y la depresión, sobre el cambio radical de un mundo, el derrumbe de las Torres Gemelas, pirámides humanas, piratas y terroristas por aquí y por allá. El relato comienza y termina en Lancaster, Pensilvania.
Entre medias hay un joven que teme la felicidad y al que abruma la desesperación. Y su vida, trazada como una perspectiva en el tiempo.
El arma del crimen: es posible que sea un libro.
Zachary

*

Fecha: 25 de agosto de 2023, 15:12
De: Henry Finder
Para: Zachary Crane

... Envíame unas cuantas páginas...
Saludos,
Henry

II
El amo del corral

Todas las historias son historias de amor.

Robert McLiam Wilson, *Eureka Street*

4

«Deberías conocer a Christine», me sugirió mi exsuegra con esa manera tan particular y avezada de llamar por su nombre a cualquier persona de su entorno con la que guarde una vaga relación, dando por sentado que también le va a resultar familiar al interlocutor. Se acordaba del lanzamiento del libro. No lo había recibido en su programa, pero su jefe sí. Y recordaba el revuelo que había causado en su momento. La crítica alababa la novela de Egolf, y el trasfondo del libro había amplificado su repercusión. Tal vez se había cruzado con él en los pasillos de la Maison de la Radio, ya no estaba muy segura, pero recordaba a un tipo alto, un tanto sombrío, con la cabeza siempre gacha, aunque era asimismo posible que hubiera reconstruido esos hechos basándose en una crónica que había leído o en una cara que había visto en la televisión. Mi exsuegra conocía a la familia Modiano y, aunque se había retirado del sector, conservaba una habilidad sorprendente para abrir cualquier puerta. Le bastaron tres llamadas telefónicas para conseguirme una cita con Christine Jordis, la editora de *El amo del corral*.

No me quedó muy claro si Christine Jordis se había preparado nuestro encuentro anotando unas cuantas frases relevantes, releyéndose los cuadernos que había conservado a lo largo de todos esos años, o revisando sus agendas, pero una cosa fue indudable: hizo una entrada magistral. Antes incluso de sentarnos, la editora jubilada me lanzó de manera firme y misteriosa, sin mayor preámbulo, una frase destinada a ser transcrita tal cual: «Era imposible conocer a alguien como Tristan Egolf, porque ni siquiera él se conocía. Era un ser de tanteos y desgracias».

«¿Conoce su historia? En cierta manera, lo descubrió la hija de Modiano un día en que pasaba por el Pont des Arts. Después de que cuarenta editoriales hubieran rechazado su novela, Egolf no tenía un céntimo. Ella cogió el texto y se lo llevó a su padre, Patrick, quien lo leyó y le pareció extraordinario. A decir verdad, no sé si fue él o su mujer, Dominique, quien lo leyó, pero da igual. El caso es que fue Modiano quien llamó a Antoine Gallimard y este me lo pasó para que lo leyera a pesar de todas las negativas que Egolf había recibido en Estados Unidos. Lo leí, al igual que mi ayudante, Serge Chauvin, una lumbrera en literatura estadounidense, alumno de Pierre-Yves Pétillon. La mayoría de las veces estábamos de acuerdo y lo mismo sucedió en ese caso. Así que redactamos un informe de lectura.

»Mucho más tarde, Patrick me llamó por teléfono y puedo decirle que no balbuceaba ni titubeaba al hablar, las frases fluían con naturalidad. Fue él quien encontró el título durante la conversación. Poco a poco, dándole vueltas, nos decidimos por *Le Seigneur des porcheries,* "El señor de las pocilgas". Recuerdo perfectamente hasta qué punto Modiano estaba interesado en el libro de Tristan y en la traducción tal y como se estaba llevando a cabo; aún puedo oír su voz, su elocuencia, que, según creía percibir, mostraba en qué medida se estaba involucrando en la decisión, la paciencia con la que llegamos a un acuerdo sobre el título. Hubo varias propuestas: "¿El señor del corral?". No. No. "¿El amo de los corrales?" Mejor, pero no acababa de convencerme. Nos íbamos aproximando. Entonces, a Modiano se le ocurrió la genialidad de la palabra "pocilga": así pues, sería *Le Seigneur des porcheries.* Y así fue como llegamos a un acuerdo.

»Fue sobre todo en el momento de la publicación cuando salió a relucir que yo había tenido una relación muy intensa con Tristan Egolf. Porque en aquella época él era infeliz, menos de lo que lo fue después, desde luego, pero, aun así, estaba muy desorientado, extraviado, le costaba mucho vivir. Y, como era muy joven, vino una vez a mi casa y luego regresó a menudo, trabó amistad con mi hijo, que también se llamaba Tristan. Vivíamos en el Boulevard Saint-Germain, en un sexto piso, y nuestra casa tenía acceso a la azotea. Recuerdo a los dos Tristanes —el más joven, el mío, fascinado por el otro Tristan, el mayor— paseando juntos por allí arriba con riesgo de caerse. Era un tejado de zinc, así que los oía caminar por encima de mi cabeza (pum, pum, pum) y me devoraba la angustia, porque el Tristan mayor era capaz de hacer cualquier temeridad. Dominaba al Tristan pequeño, que estaba subyugado por su personalidad. Por aquel entonces, yo llevaba a Egolf a los cócteles y estaba obligada a acompañarlo también a la vuelta. Se emborrachaba enseguida.

»Pero lo más duro fue la segunda novela, porque ya no lograba escribir. Se marchó a Nueva York y trabajó de lavaplatos. Se dedicó a todo tipo de oficios para sobrevivir. Estaba bloqueado y era espantoso. Me enviaba novelas y yo le pedía que las reelaborara... No me convencían, saltaba a la vista que no estaban a punto... Reescribía una y otra vez y, entretanto, se ganaba la vida como podía, haciendo un trabajo u otro... Era víctima de sus demonios. Se había quedado seco y le costaba sobrellevar el éxito después de tantos años de desgracias y fracasos. Aunque, antes incluso de que iniciara ese libro, ya era alguien que no estaba hecho para la vida, porque sus esperanzas y sus aspiraciones superaban el marco normal de una existencia. He tenido ocasión de conocer a muchos escritores y he de decir que él estaba profundamente extraviado. Era enternecedor y aterrador a la vez. Philip Roth dominaba su oficio a la perfección. Tristan Egolf no dominaba nada. Yo comprendía su infelicidad sin necesidad de que él me contara su vida. A decir verdad, él se negaba a hacerlo. Jamás se abría. Yo no era su niñera ni su confidente, solo presenciaba sus desbordamientos y su malestar. Cuando recuerdo a Tristan Egolf, lo veo como un todo, no puedo dividirlo en partes. Grandes momentos de alegría y abismos de desgracia.

»Me enteré de su muerte por Patrick Modiano, quien me avisó enseguida a la vez que me pedía que no dijera nada. Recuerdo la conversación que tuvimos. No decir nada a nadie, no decir nada a la prensa, esperar un poco. Esa muerte, la de un joven con tanto talento, era de una brutalidad increíble.»

Salimos del restaurante a una hora avanzada de la tarde. Los camareros habían puesto ya las mesas para el siguiente servicio. Anduvimos juntos unos diez metros. El viento arremolinaba las hojas y las llevaba de una acera a otra, pero la melena de color gris metálico de Christine no se despegaba de su cabeza; recordaba a una aristócrata inglesa con el pelo lleno de laca. Antes de que nuestros caminos se separaran —ella se disponía a doblar a la izquierda y yo debía encaminarme hacia la derecha para bajar por el Boulevard Saint-Michel—, me dijo en tono autoritario y con una sonrisa cruel: «Los escritores son seres bastante decepcionantes, ¿sabe? En el fondo, solo los conocemos a través de sus libros... En la vida cotidiana, son como todo el mundo: seres deformados por los demás».

*

Fecha: 25 de septiembre de 2023, 18:12
De: Christine Jordis
Para: Zachary Crane

Querido Zachary:
He encontrado estas breves notas sobre Tristan Egolf en mi agenda de 1998. Del 23 de septiembre al 3 de octubre (de miércoles a sábado) fue huésped de Gallimard. Veo que el domingo 4 lo invité a cenar a mi casa con Tristan, mi hijo, y Sophie, mi hija. Todo esto se lo conté ayer, pero me sorprende mi imprecisión: Tristan (el mío) tenía veinte años por aquel entonces, era muy guapo, difícil, nada parecido al niño que yo creía recordar mientras se lo describía. Egolf, por su parte, tenía veintisiete. Así que, a pesar de que los años cuentan mucho en esa época de la vida, la diferencia de edad no era tan grande. Veo también que el 5 de octubre fuimos por la tarde a la radio y después, a las ocho y media, a una cena o un bufé. Siempre

según la agenda, viajamos a Frankfurt la semana siguiente. El 7 de octubre desayuné con Nan Talese y Peter Olson, de Random House (ninguna mención a Egolf), por la noche hubo una cena para doce personas en honor a Egolf (quizá fue cosa de Grove Press, no me acuerdo).

En mis cuadernos figuran las siguientes anotaciones:

«Ayer (el 4), cena en casa con Egolf, Tristan y Sophie. Egolf ha venido varias veces esta semana y en ningún momento se ha esforzado en hablar o "cautivarnos"; la cortesía de rigor, en pocas palabras. Más bien me ha parecido que deseaba refugiarse en un lugar donde lo acogieran con simpatía y aquí lo hacemos de forma incondicional. Tristan y él conectaron enseguida, dos jóvenes con la misma dificultad para asentarse en la vida, que se reconocieron sin mediar palabra (de todas formas, no pronunciaron una sola). ¿O era la fascinación del más joven por una figura ya célebre? No lo sé. En cualquier caso, ninguno de los dos acaba de tener los pies en la tierra. Razón sin duda por la que Tristan llevó a Egolf a su territorio, situado entre el cielo y la tierra, al tejado por el que suele pasear. Angustiada, los oía dar vueltas sin parar (el tejado de zinc es inmenso, está inclinado y no tiene bordes). Lo recorrían de un lado a otro y cada uno de sus pasos resonaba en todo el piso».

Le envío la dedicatoria de Egolf, porque resume perfectamente cómo fue nuestra relación.
«Para Christine, mi editora, mi querida amiga, y una de mis cinco madres parisinas.»

5

Una historia siempre aparece desarticulada, desmembrada por los testigos. Un nombre evoca otro en el desorden de la vida, sin lógica de fechas ni de lugares, salvo la propia del presente: inconexa y absurda. Tenía en mente *El libro de Jack*. En esa biografía oral, los dos autores, Barry Gifford y Lawrence Lee, recorrieron poco después de la muerte de Kerouac el itinerario que este había seguido de Canadá a Nueva York, de San Francisco al Big Sur. Por el camino entrevistaron a aquellos que lo habían querido, admirado, odiado o detestado. Carolyn Cassady, William Burroughs, Joyce Glassman, Gregory Corso, Allen Ginsberg... Atravesaron fragmentos de recuerdos separados por vallas electrificadas. Una serie de reminiscencias cuya propiedad se disputaban los protagonistas, y que, aunque contradictorias, conformaban al final la verdad del personaje. Una imagen que se deduce por sus contornos, como la silueta de un cadáver dibujada con tiza en el asfalto... De hecho, Ginsberg exclamó después de leer el libro: «Dios mío, es igual que *Rashōmon,* la película de Kurosawa: ¡todo el mundo miente y la verdad emerge al final del entramado de mentiras!».

Pensé que una manera lúdica de abordar la historia podía consistir en seguir las pistas al pie de la letra. La dedicatoria de Egolf a Christine Jordis aludía a «cinco madres parisinas». Había encontrado una. Deduje por la prensa que Dominique Zehrfuss, la esposa de Patrick Modiano, podía ser la segunda. Faltaban tres. En los archivos tuve la impresión de que una de ellas se esforzaba por llamar mi atención sobre su existencia.

Christine Jordis había puesto a mi disposición el expediente de Egolf, que había recuperado. Me esperaba en la editorial, en un despacho sin ventanas que, por el tubo de desagüe que aún se veía en la pared, supuse debía de ser lo que quedaba de los aseos que daban al rellano del piso de servicio. A él se accedía tras cruzar una serie de pasillos angostos y unas escaleras curiosas que en ocasiones desembocaban en una habitación donde un secretario, inclinado sobre un cuaderno, ni siquiera levantaba la cabeza cuando los visitantes pasaban por detrás de él. En las cajas «Tristan Egolf» había notas y correspondencia interna, varios informes de lectura y un archivo con las distintas decisiones clasificadas por novelas. Una ficha con una orden de tirada, detalles sobre la distribución de los ejemplares gratuitos, una contraportada, cartas al traductor. En el expediente de instrucción se repetía con frecuencia el nombre de la directora de derechos de autores extranjeros, Anne-Solange Noble. La mayor celeridad, vehemencia o exaltación de sus correos revelaban un cariz, digamos, más personal.

De los artesanos que se ocuparon del «amo», Anne-Solange Noble demostró ser la más desconfiada, además de la más habladora. Al teclear su nombre en Google, como se hace ahora maquinalmente cuando nos interesamos por alguien, encontré un reportaje difundido en un telediario de 2005. Una crónica de *20 heures* con motivo de los diez años de existencia del teléfono móvil. Anne-Solange Noble, representando a los detractores que seguían negándose a tener uno, aparecía en una puesta en escena bastante grotesca filmada en una cabina telefónica en pleno centro de París, donde se la veía respondiendo a la periodista, con la voz insertada como si estuviera hablando por el auricular. Después la seguían mientras ella andaba por la calle sin que nadie la importunara, en una ilustración perfecta de la moraleja que el presentador daba al final: «En 1995 era un lujo poseer un móvil. Diez años después es posible que la libertad sea no tener uno».

Recuerdo que al verlo pensé que, por superfluos que fueran los treinta segundos de imágenes, estas daban en el clavo: la inconcebible revolución que se estaba gestando en los años noventa, y el progresivo desmoronamiento de la privacidad y la distancia nos habían proyectado a otro lugar en apenas una década: un universo «conectado» de gente «disponible».

La fecha del vídeo, 11 de mayo de 2005, era en sí misma inquietante, porque hacía apenas cuatro días que Tristan Egolf se había suicidado.

En el curso de nuestra primera conversación telefónica, Anne-Solange Noble dudó de mi iniciativa, pensaba que ya se había hablado demasiado sobre la vida de Tristan Egolf y añadió, alzando la voz, que convenía leerlo por lo que había sido: un gran escritor y no un «animal de feria», un friki... Hablaba sin poder detenerse, en un inglés perfecto. Al principio no quería conocerme, me pidió mi número, me avisó varias veces de que iba a colgar, cosa que al final no hizo, me preguntó por *The New Yorker* y, con voz ya más suave, reconoció que no estaría de más que la revista hablara de Tristan si eso facilitaba que sus novelas se leyeran en Estados Unidos. Terminó la conversación algo enfadada. Apenas una hora después, recibí un mensaje en el que me citaba a las cinco de la tarde del día siguiente en la Brasserie de l'Île-Saint-Louis. Por la noche me bombardeó con más mensajes, fotografías, recortes de prensa, portadas de ediciones extranjeras y, a eso de la medianoche, la captura de pantalla del artículo que *Publishing News* había sacado en marzo de 1998. Justo después envió otro mensaje en el que señalaba «varios errores evidentes» de dicho artículo y añadía: «Lo importante es lo que Tristan quiere decir, léalo», escribía en mayúsculas.

En él, Egolf hablaba de su familia. De su madre, «artista plástica», y de su padrastro, «ingeniero y ciclista aventurero al que le gustaba recorrer el país de punta a punta con su bicicleta», pero también de su padre fallecido, Brad Evans, «un periodista que había escrito asimismo unas cuantas novelas». «Un wagneriano» (eso explicaba tanto el nombre de Egolf como el de su hermano Siegfried) de Lancaster, Pensilvania, «la antigua tierra de los amish». Contaba que había crecido entre pollos y animales. «Teníamos una oveja que se llamaba *Isabelle,* igual que en el libro.» Y recordaba el día en que habían tenido que enterrarla —la enorme fosa que habían cavado y al animal arrastrado por las patas—, tan grande como un «gusano rosa»; el montículo de tierra que quedó después y a su padre pasando la cortadora de césped por encima y alrededor de él todos los años. La tumba «de la más grande, la más mala y la más fea de las ovejas que quepa imaginar». Afirmaba haber vivido también en Indiana, que al final se había convertido en el escenario de su novela: «la zona del país con el consumo de alcohol más elevado». Hablaba de la fascinación que sentía por los *river rats,* esa gente extraña y desarrapada que subsiste en medio de los Apalaches en viejas cabañas destartaladas y que pesca el pez gato, una población «endogámica, de individuos con la frente abombada que parecen salidos directamente de la película *La liberación*».

Se me pasó la parada de metro y acabé en la estación de Lyon, que se encontraba a veinte minutos a pie de la *brasserie*. Llegué sudando y con retraso. La taberna estaba vacía, unos camareros viejos deambulaban entre las mesas. Anne-Solange Noble me estaba esperando, garabateando impasible en las páginas de una agenda. Yo había acudido sin bolígrafo ni cuaderno, así que le pedí si podía grabar la conversación con el teléfono, a lo que ella se negó rotundamente. Me tendió un bolígrafo y me señaló el mantel de papel. Luego, sin mayor preámbulo, empezó a hablar. Primero de *El amo del corral*, de cuando lo había leído por primera vez, lo recordaba «como si fuera ayer»: «Me embarqué en él estupefacta. ¡Subyugada, enamorada! El narrador, del que no se sabe nada, la voz colectiva, las frases largas, tan densas. Me dejó literalmente sin aliento. Era algo del todo inusual para nosotros. Un manuscrito en inglés, sin agente ni editorial. Teresa Cremisi, la directora literaria, quería saber mi opinión, la del departamento de derechos de autores extranjeros, si nos estábamos haciendo demasiadas ilusiones. Era una apuesta, pero a la vez saltaba a la vista que se trataba de un gran libro. Iba a ser difícil traducirlo, pero yo tenía confianza. Y enseguida pensé que podría venderlo en todo el mundo. Como en todo, había que tener una estrategia. No me lancé a buscar ingenuamente un editor estadounidense. Había tomado una copa con Tristan en la Closerie des Lilas, en la mesa donde se sentaba Hemingway, y él me había contado las numerosas negativas que había recibido, unas cincuenta, creo. En la lista estaban los sospechosos habituales: no valía la pena enviarles la novela, porque corríamos el riesgo de que volvieran a desestimarla. Había que conquistar Estados Unidos desde Inglaterra. Esa era la estrategia: encontrar un editor inglés, cederle los derechos mundiales en ese idioma y conseguir que convenciera a sus colegas estadounidenses. Y eso fue justo lo que pasó. El artículo de Roger Tagholm que le envié ayer cuenta que fue la *scout* Koukla MacLehose quien envió *El amo del corral* a Jon Riley, el editor de Picador. Es cierto. De hecho, fue la mujer de Jon, Claire, quien lo leyó y le dijo a su marido: *"You should read this"*, y a él le encantó. En aquella época, Jon era la nueva promesa, el editor moderno que escuchaba a los marginados. Lo comprendió al vuelo. Al cabo de dos días me llamó su director del departamento de derechos. A partir de ahí, comenzó la campaña. Un circo increíble. Para captar la atención de los editores extranjeros bastó con filtrar que íbamos a publicar la primera novela de un estadounidense, y que el manuscrito, una obra maestra que todos habían desechado, acababa de ser adquirido por Jon Riley para la lengua inglesa. Recuerdo la feria de Jerusalén, al editor de Suhrkamp, Christoph Buchwald, y la conversación que tuvimos (cambia de voz y de expresión): *"I have a book for you!"*. *"I don't buy French!" "But this is an American novel. Let me pitch it." "OK, I'm gonna read it."* Al cabo de quince días, recibí un correo electrónico: *"OK, I'm gonna buy it!"*. A continuación, Grijalbo Mondadori en España, Frassinelli en Italia, Vassallucci en los Países Bajos, etc. Y, más tarde, Grove en Nueva York. Por fin iban a publicar la obra de Egolf en su país. Lo habíamos conseguido. Un año más tarde, Gallimard organizó una cena en Frankfurt en honor de Tristan. Él acudió expresamente para conocer a sus editores extranjeros. Era una mesa preciosa, parecía una comida familiar. Solo asistió gente a la que le había gustado el libro. Y él se sentía feliz, se divirtió. Debo de tener una fotografía de Tristan de esa noche imitando la pose de la cubierta, tapándose la cara con una mano».

De repente, Anne-Solange se entristeció. «Pienso a menudo en Tristan. Puede que cinco veces al año; es mucho, ¿sabe?... Le eché la culpa al alcohol. Qué sensación de pérdida, de infelicidad, de sufrimiento».

Algo más tarde, esa misma noche, me envió la fotografía de la cena con el siguiente mensaje: «Debería hablar con Serge Chauvin», acompañado de su número de teléfono.

6

«En aquella época yo trabajaba como lector para la colección Du Monde Entier y traducía algunos títulos. La regla de oro era que solo nos interesábamos por los libros publicados o en vías de serlo, es decir, los que tenían ya un agente o un editor. El caso de Egolf era singular, recuerdo que Christine me dijo: "Escucha, hay algo un tanto urgente y atípico, normalmente no consideramos los manuscritos que nos remiten sin haberlos solicitado antes, pero Modiano nos ha recomendado este, de manera que convendría que lo leyeras". Como es obvio, yo desconfiaba un poco. Aún me parece ver el texto mecanografiado. Era, en cualquier caso, bastante imponente, cuatrocientos folios muy densos. Pero enseguida me impresionó, porque jamás había visto nada igual. Me entusiasmó de verdad. Aunque supongo que, en un principio, cuando me encargaron que lo leyera, me preocupaba más encontrar la manera de rechazarlo con cierto tacto. Me maravilló la fuerza del libro y su singularidad. El claro arraigo *redneck*, pero a la vez proletario, lo cual es más que inusual. A diferencia de Egolf, en aquella época empezaba a aparecer el formato propio de los talleres de escritura. Y en la universidad estábamos inmersos en el postmodernismo al estilo de Thomas Pynchon y Don DeLillo. Dos mundos, por tanto. Egolf no era ni una cosa ni otra. En cierta manera, se trataba del libro de un autodidacta, una obra muy refinada y, al mismo tiempo, con rasgos propios del arte marginal. El carácter idiosincrásico de un John Kennedy Toole con un argot en buena medida inventado, muy arcaizante... Me gustan mucho los maximalistas, los minimalistas no... Por lo demás, no me sorprendió cuando me enteré de que había leído a Rabelais. Egolf no se plegaba en absoluto al juego de la gran novela realista psicológica y globalizada ni caía en los juegos postmodernos, la *mise en abyme* o el guiño referencial... Evocaba más bien la literatura medieval, el gusto por la palabra rara; ese truco de la literatura estadounidense un tanto salvaje de buscar modelos no en la novela realista del siglo XIX, sino en una supervivencia más o menos consciente de formas antiguas. La fascinación por los desechos, la basura, las cosas enterradas, el resurgimiento de la guerra de Independencia, de la Norteamérica germánica, el lado mercenario y sanguinario de los teutones a lo *Sleepy Hollow.* Su escritura respondía a la firme decisión de inspirarse en cierta genealogía estadounidense, en un gesto deliberadamente anticuado, menos anacrónico que extemporáneo... Sí, la verdad es que la obra entusiasmaba bastante y el hecho de ser uno de los primeros lectores de ese meteoro me impactó. Era, si cabe, aún más gratificante porque podría no haber existido nunca. Podríamos habernos perdido el libro. Además, estaba el cuento de hadas muy mediático que podía venderse a la prensa y ese viejo orgullo, en ocasiones excesivo, de decirse que los estadounidenses no saben reconocer a sus genios. Salvo que, en este caso, el libro lo merecía.

»Si mal no recuerdo, la segunda novela de Egolf nos avergonzó un poco. Era previsible que tuviera una acogida tibia, incluso indiferente. Recuerdo que deseábamos protegerla. Blindarla de alguna forma. Al margen de la relación que tenía con Modiano, teníamos mucho aprecio al autor. Los libros podían ser menos brillantes, lo que contaba era la fidelidad. Ya llegarían más novelas. La obra fue mal recibida. Más que destrozarla, la ignoraron, sin duda.

»En cuanto a la última, *Kornwolf*, creo que me dije: ya está, la máquina se vuelve a poner en marcha. La vena fantástica me parecía un argumento, pero en la colección Du Monde Entier sucedía más bien lo contrario. Y yo nunca he sabido intuir el éxito de una obra. Además, Tristan murió y entonces nos planteamos otras cuestiones.

»Volví a cruzarme con la historia de Egolf hace

unos años. Un colega de usted, un periodista de Filadelfia, vino a investigar. Simpatizamos y acepté hacer de intérprete en la cita que había concertado con Patrick Modiano. Este nos acogió toda la tarde, se mostró extremadamente amable, igual que su mujer, quien aparecía de vez en cuando en el inmenso despacho, que debe de tener cinco metros de altura, con estanterías repletas de libros por todas partes. Un lugar fascinante. Lo que más me llamó la atención ese día fue que Modiano, a quien había visto en los programas literarios tartamudeando de forma maravillosa, si dejaba una frase sin terminar regresaba a ella al cabo de una hora, tras un prolongado silencio, porque por fin había dado con la palabra exacta para lo que pretendía decir con anterioridad. La había retenido en la mente durante ese lapso, sin distraerse, y eso me pareció extraordinario, esa preocupación por la palabra correcta. Recuerdo que Modiano sentía mucho cariño y admiración por Egolf. Se consideraba afortunado por haber tenido la ocasión de hallar el manuscrito y por haberlo dado a conocer. Ese gran paquete de hojas escritas con letra ilegible de patas de mosca que parecían jeroglíficos, un objeto literario en el sentido más intenso del término. Modiano celebraba una potencia novelesca totalmente distinta de la suya. El barroco frente a la línea clara. Me pareció un gesto muy generoso por su parte. Reconocer un genio que le era por completo ajeno.»

7

La primera vez que vi a la cuarta madre de Tristan Egolf, esta se encontraba al volante de una vieja furgoneta Citroën aparcada frente a la estación de Château-du-Loir y llevaba un gorro ruso de piel. Tras saludarme con la mano, salió con presteza a la lluvia para abrir la puerta del acompañante con la llave del vehículo. Me había comprado un cruasán en la panadería; cubierta con un grueso abrigo empapado, se mostró muy atenta conmigo, se dirigió a mí con voz trémula, apresurada, vacilante, pero tremendamente amistosa. Me dijo que había llorado mucho por el camino, que había tenido que pararse dos veces. Que mi correo electrónico la había alterado sobremanera y que, si no me importaba, prefería hablar de Tristan más tarde, no mientras conducía. Viajamos una media hora entre el Loira y las colinas, atravesando pueblos sombríos y encajonados, de casas grises con los postigos cerrados. Mientras nos adentrábamos en uno de ellos, Shelly me dijo riéndose: «El pueblo más feo del mundo: ¡Lhomme!». Me contó que, en un principio, cuando se instalaron en él hacía ya más de quince años, ella iba de la estación al molino en bicicleta; por la carretera nacional, con el viento en contra y la lluvia dándole en la cara («no para de llover»), pedaleando por lo que aparenta ser terreno llano, pero no lo es. («Era un infierno. No teníamos un céntimo, pero era divertido. Nos daba igual.») Me preguntó qué opinaba de Francia. Le respondí que, exceptuando la ciudad, no había visto mucho y que añoraba Nueva York. Empezamos a hablar de Brooklyn, donde ellos habían vivido en un estudio reformado, en una antigua fábrica de Greenpoint, muy cerca de los muelles, frente al East River.

Al cabo de unos treinta minutos, mientras entrábamos en un lugar llamado La Tendrière y después de que me hubiera advertido de que a la salida nos adentraríamos en Paillard, me dijo: «Verás que James no suele hablar mucho, necesita tiempo. No te lo tomes como algo personal. Él es así».

James es un hombre envejecido, frágil, un poco encorvado. Pensé que Tristan debía de intimidarlo, que sería una suerte de hermano torpe y corpulento. James lo había querido mucho, pero se burlaba del respeto que imponía la tragedia, decía que estaba fuera de lugar. Aun así, le costaba mucho contener las lágrimas. Al igual que a Shelly, le parecía imposible hablar de su amigo así, a bote pronto. El edificio era inmenso, recorrerlo nos dio la ocasión de sopesarnos en silencio mientras nos escuchábamos. James me explicó que lo habían reformado todo, que el molino estaba en ruinas cuando llegaron, que había agua por todas partes. «No puedes imaginártelo, el río se desbordaba, lo anegaba todo, era una pesadilla. Nos moríamos de frío, la humedad devoraba las paredes, que estaban amarillentas y manchadas de moho. Tardabas una estación entera en reparar una habitación y, entretanto, la otra ala de la casa se iba a pique, *à vau-l'eau*» (lo dijo en francés riéndose). Nos encontrábamos en un antiguo molino del siglo XVIII, construido a orillas del Loira. Un siglo más tarde de que lo erigieran, la herrería que había en un principio fue sustituida por una papelera. Era una fábrica de dieciocho edificios, con naves, prensas gigantescas y un sistema de esclusas para contener y aprovechar los caprichos de la corriente. Hacían papel de azúcar (para envolver panes de azúcar); en el siglo XIX, papel de cigarrillos de la marca «La Salamandre»; en los últimos tiempos, papel higiénico y de embalaje para regalos y botellas.

Shelly y James se habían enamorado de ese lugar abandonado. En aquella época, en 2008, Shelly trabajaba en París para una compañía de baile y James restauraba monumentos artísticos. Esas hectáreas de terreno baldío perdidas en la región de Sarthe les parecieron un lugar idóneo donde los dos podían crear. Les daba rabia tener que pasar demasiado tiempo separados a causa de una obra o una gira. En 2001 habían vivido el 11 de Septiembre cada uno a un lado del Atlántico. Desde la azotea de su taller, James había visto derrumbarse las dos torres, cediendo ante las llamas. Después había cruzado el puente de Brooklyn en sentido contrario al de la multitud que huía de Manhattan, para intentar ayudar a la gente envuelta en la neblina. Había vagado parte de la tarde entre escombros, planchas y fragmentos de cristales. Entretanto, Shelly, muerta de miedo en París, llamaba en vano a sus amigos, a su familia, al teléfono fijo del taller. Él no tenía móvil y, en cualquier caso, todas las líneas estaban saturadas. Shelly temía que James estuviera en uno de los metros con parada bajo el World Trade Center, el punto de intersección de la isla. Tardaron varias semanas en verse de nuevo, después de que el tráfico aéreo recuperara la normalidad. Entonces se prometieron que no volverían a separarse. Luego, Tristan falleció, su muerte los dejó consternados. James estaba fuera de sí. Ya no creía en nada. Estaba harto de la ciudad. Shelly veía cómo se iba hundiendo poco a poco. Pero, dado que los sueños nunca se desvanecen de golpe, sabía que aún les quedaba un poco de tiempo. Así que, cuando fueron a Paillard arrastrados por un amigo y Shelly vio a James hacer el tonto caminando en equilibrio entre las dos orillas por una de las esclusas cerradas, maravillarse con las máquinas paradas, la inmensa turbina y los talleres con las bóvedas y el suelo destrozado...

Además, no sé si el hecho de que fuera una vieja fábrica de papel hizo que la asociaran con Tristan —James se burlaría diciendo que esa suposición era una idiotez y una simplificación—, el caso es que se dijeron, repito sus palabras, que «era un lugar donde vivir». Las paredes estaban agrietadas, la estructura del taller estaba empapada y se mantenía en pie de milagro, el techo se caía a pedazos en algunos puntos, las paredes se derrumbaban como fichas de dominó, el jardín estaba invadido por zarzas gigantes y la hiedra arrancaba las canaletas y las contraventanas, pero aun así pensaron: «*This is the place*». Cuando se enteraron de que el Ayuntamiento de Poncé-sur-le-Loir, propietario de los molinos, quería revitalizar el lugar, no se lo pensaron dos veces. Esa misma noche, en el bar-estanco del pueblo, James trazó en el mantel de papel el proyecto de rehabilitación. Un taller descomunal en el piso de arriba, salas de exposición en la fábrica, un escenario en la nave y una tarima sobre la que ya veía a Shelly bailando. Soñaba en voz alta. James decía que sí, que podía parecer monstruoso, pero que no había necesidad de reformarlo todo; en el fondo, era una estructura robusta que aguantaba; habría que sanear, desnudar las paredes, mantener una apariencia de deterioro que conferiría encanto al lugar. Aislar, asegurar, regenerar un poco, instalar la electricidad, pero mantener los ladrillos y las paredes tal cual; sustituir las baldosas, pero conservar las grandes aberturas por las que entraba la luz. La hermosa luz del crepúsculo. Shelly veía cómo su compañero iba renaciendo, de forma que, aunque asustada por la magnitud de la empresa, se contagió de su entusiasmo para que no se apagara la llama y llenó los planos de gente y de vidas: en el molino residirían compañías, presentarían al público creaciones; habría un teatro y una escuela de danza; organizarían intercambios con universidades y fundaciones estadounidenses, actividades abiertas a todo el pueblo, a los niños del barrio. Intentarían repetir de otro modo, en un lugar a su medida, lo que había salido mal en otras partes.

Al cabo de diez años, los dos se habían cansado del falansterio y, al igual que el edificio, se habían replegado a las pocas salas habitables. Las obras se habían prolongado, las subvenciones tardaban en llegar, y habían dilapidado sus ahorros en la rehabilitación del anexo, la más pequeña de las viviendas, pero la única que se podía calentar. Padecían las inclemencias del tiempo, las crecidas incesantes del río y a las asociaciones locales que intentaban recuperar el lugar.

Se sentían orgullosos del escenario de teatro que habían creado en la nave y de las salas de exposición bajo las bóvedas de los talleres. El proyecto había sido reconocido de utilidad pública, los museos y las galerías habían invertido allí, también los artistas, pero, a pesar de ello, no conseguían quitarse de encima cierta melancolía al caer la tarde, un desastroso ¿para qué?, cuando el invierno se instalaba y vivían encerrados en ese molino que, bajo la lluvia, se parecía aún demasiado a lo que era: una fábrica en ruinas.

Una semana antes de mi visita, Shelly y James me escribieron en el último mensaje, casi a modo de advertencia: «Creemos que comprende hasta qué punto nos ha conmocionado su petición. Tristan perturba nuestra paz desde hace casi treinta años, aporrea nuestra puerta, nos llama por encima de los estanques y los mares, grita nuestro nombre en los pasillos de los hoteles, sacude sus huesos desde el más allá. Hemos aceptado verlo para responder a sus preguntas, más que a las de Tristan. Usted necesita hablar con aquellos que lo conocieron, y lo entendemos».

Llegué a Paillard sin haber entendido del todo la advertencia. Solo una vez allí, en el comedor mal iluminado, mientras James iba de un lado a otro de la cocina —llevaba desde esa mañana preparando un asado y verdura al horno, pero lo cierto es que todo parecía improvisado y los platos olvidados durante la cocción estaban casi quemados, a pesar de lo cual le habían quedado sorprendentemente deliciosos— y Shelly nos servía con los ojos empañados un vino blanco fresco de la zona, solo entonces sentí la presencia de su fantasma. Era evidente que yo no había sabido medir la gravedad de la perturbación constante de la paz de la que me habían hablado. De la extraña atmósfera de confidencia. Alrededor de la mesa no éramos tres, sino cuatro, y sus lágrimas o recuerdos compartidos, propios de una comida regada con vino, solo se dirigían al espectro sentado a nuestro lado. Entre un vaso y otro me atribuyeron el papel del amigo recuperado. Lo que el pudor impide durante la vida, lo que no nos atrevemos a decir, lo que lamentamos haber callado, emerge de forma inaudita ante un perfecto desconocido. Más tarde, cuando la grabación de sus palabras me pareció una especie de robo con allanamiento, busqué un pasaje de la historia de Janet Malcolm *El periodista y el asesino* para poder expresar con palabras la sensación de abuso, de confesión arrancada durante el sueño de los dos, semejante a la declaración del prisionero sonámbulo que desencadena la infame persecución del falso predicador en *La noche del cazador*. «Comprendía mejor que nunca la parte de surrealismo inscrita en el corazón del periodismo. La gente cuenta su historia al periodista de la misma forma que los personajes de un sueño nos transmiten su mensaje elíptico: sin previo aviso, fuera de contexto, sin preocuparse de que el soñador lo encuentre estrambótico cuando se despierte.»

La comida duró cuatro horas. James liaba cigarrillos entre un plato y otro. Hablaba de su amigo, de cómo se habían conocido en Filadelfia, de la vida bohemia que habían llevado en Ámsterdam con Shelly, del piso que los tres compartían en París, de las tonterías de Tristan. Entonces se animaba, imitaba las escenas y, desde un rincón de la estancia, Shelly completaba su relato. A veces, uno u otro se levantaban durante un buen rato de la mesa con un nudo en la garganta; James salió a pasear en dos ocasiones antes de echarse a llorar sin poder contenerse más. Se burlaba de Tristan como si todavía estuviera allí hablando con él, decía que jamás había creído en la historia de la obra maestra. No era un buen libro, Tristan era mejor en la vida real. Quería contar ese desastre que es la vida, pero no estaba a la altura. De tanto beber, yo también empecé a llorar. No sé, compartía mi tristeza con ellos. Y, para no acabar borracho como una cuba, me servía sin parar de la cacerola, sobre todo champiñones con ajo y perejil. James aderezaba los platos al estilo francés, de forma caótica y refinada al mismo tiempo. A veces, Shelly y James no contaban la misma historia, pero, sin duda, los dos comprendían el alcance de lo que habían perdido. Se querían con ternura. Shelly protegía a James, que era muy sensible, retraído, a veces impulsivo, y estaba mucho más marcado por el paso del tiempo que ella. Como si todo el trabajo en el molino, esa especie de sacerdocio, le hubiera arqueado la espalda y su juventud solo fuera ya un recuerdo doloroso. Si no me hubiera propuesto escribir el artículo, quién sabe, quizá nos habríamos hecho amigos. El día tocaba a su fin, casi había anochecido; el sol se asomaba entre los bosques de álamos y los grandes árboles plantados a orillas del río. El último tren salía al cabo de una hora de Vendôme. Aún disponíamos de un poco de tiempo. Shelly se marchó con el pretexto de que tenía cosas que hacer y James y yo fuimos a pasear por las esclusas. El agua llegaba hasta el pie de las ventanas y rodeaba los canales como atenazándolos. En el piso de arriba había máquinas de otro siglo; una cuba de hierro fundido que parecía más bien un orinal de cama de hospital; un embudo asombroso fijado al techo y pintado de blanco; el suelo de cemento agrietado; grandes mesas de taller, semejantes a las de los arquitectos. En una ventana, a través de un cristal cubierto de polvo, un círculo inmaculado enmarcaba el paisaje que se extendía a sus pies como el objetivo de una cámara. Una canoa roja, encallada y volcada en la orilla; al fondo, árboles y una luz otoñal similar a la de Pensilvania.

8

Dado que nos habíamos casado en Nueva York, al llegar a París tuvimos que presentarnos en la oficina de inmigración francesa. Como la unión resultaba sospechosa —normalmente, cualquier matrimonio entre personas de dos países diferentes lo parece—, debíamos acudir cada seis meses a la jefatura de Policía próxima al Quai aux Fleurs para someternos a una entrevista de control. Nos convocaban a los dos para preguntarnos cómo nos habíamos conocido, cuáles eran nuestras costumbres y nuestras aficiones, incluso en qué lado de la cama solíamos dormir. La entrevista también podía ser individual, cada uno en una sala. En el primer examen, un funcionario del estado civil me pidió que nombrara algún cantante francés (yo respondí que Aznavour y Gainsbourg), un plato típico (la noche anterior había pedido un estofado de carne, un *bœuf bourguignon)* y me preguntó si practicaba alguna religión (no, no era creyente, pero me había educado en el judaísmo) y de qué color era la bandera francesa (debido a la agitación, invertí el orden de los colores). El funcionario lo anotaba escrupulosamente todo en un folio A4 que luego metía en la carpeta de nuestro expediente. Entre los numerosos documentos que había que presentar en cada convocatoria se encontraban el certificado de matrimonio, las partidas de nacimiento, fotografías de carnet, la dirección del domicilio conyugal en París y los recibos del alquiler de «los últimos tres meses» (la administración era muy estricta en ese punto). Cuando nos separamos, mantuvimos una apariencia de vida en común para disfrutar al menos durante un tiempo de los beneficios del matrimonio en los dos países. Camille trabajaba en una galería de arte especializada en fotografía que tenía una sucursal en el barrio de Marais, en la Rue des Archives, y la sede principal en Nueva York, en el barrio de Chelsea, en el cruce entre la Calle 25 y la Décima Avenida. Yo seguía viviendo con la ilusión de recuperarla y, además, estaba empeñado en terminar el reportaje. Había dejado parte de mis cosas en su piso y fotografías de nosotros pegadas en la nevera, por si había alguna visita de control inesperada. Por todas esas razones, no podía alquilar un piso de forma legal, y la única solución había sido instalarme —cuando el sofá de mi suegra había acabado por destrozarme la espalda y los nervios— en una buhardilla mal aislada de doce metros cuadrados, situada en las inmediaciones de la Place Clichy. Un lugar sórdido por el que pagaba una fortuna. En ella metí a toda prisa una cama plegable y un escritorio compuesto de una tabla y dos caballetes donde apilaba montones de libros y la documentación que había ido recopilando desde el inicio de la investigación. En la pared, cubierta por un papel viejo de diseño floral, clavé con chinchetas la cronología provisional de los acontecimientos, además de un mapa grande donde aparecían los lugares relacionados con la cosmología de la familia Egolf —Filadelfia, San Luis, Lancaster, Aberdeen, Velpen, Huntingburg—, y pegué también archivos, artículos varios y citas de los libros de Tristan.

Camille vino la mañana en que nos habían convocado en jefatura, para preparar la entrevista. Además, me trajo algunas de mis cosas. Mi único traje desgastado, que había encontrado en el armario, la corbata ya anudada de las «grandes ocasiones», y un cepillo para el pelo y una plancha. Cuando entró en la buhardilla, reculó al ver la pared forrada de papeles y los libros amontonados en el suelo. Se rio y me soltó: «¡Ya está, has perdido el juicio! ¡Parece la guarida del asesino en serie de una película! ¿Qué es eso, el mapa de los futuros crímenes?». Sin dejar de reírse y sin el menor miramiento, empezó a leer en voz alta y en tono exagerado las citas que estaban en la pared, destacando lo ridículo y grandilocuente de algunas frases. Y, para seguir fastidiándome, dijo al ver el retrato de Tristan Egolf: «¡Tu chico no está nada mal! ¿Quién es?».

Antes de que tuviera tiempo de acabar de contarle la historia, ella ya había sentenciado (puede que fuera cierto, pero en ese momento no estaba preparado para oír su parecer) que estaba rebuscando en la basura y que ese pobre tipo no me había pedido nada. Tres días antes había recibido una respuesta de M, cuyo número había conseguido. Imaginando que James y Shelly la habían llamado, me dije que el viaje a Paillard había precipitado las cosas, sin duda. El mensaje había llegado durante la noche y lo descubrí al despertarme: «Hola, Zachary, ¿lunes 18 de octubre? Podríamos vernos en el hotel Aubusson, a las 14:00, si le parece bien. Hay un bar con terraza donde podemos hablar. Saludos».

La cita era justo ese día, inmediatamente después de la entrevista en jefatura. Las burlas de Camille daban en el blanco. La noche anterior había tenido un insomnio terrible, agitado por el sentimiento de culpa y de voyerismo, por todos los pretextos literarios que no lograban ocultar en cualquier caso lo que Camille había sentenciado con sarcasmo, es decir, que estaba rebuscando en la basura de un muerto. Me vi obligado a decirle que no entendía una palabra; que la semblanza sacaría a la luz una obra; que, de todas maneras, era muy poco probable que *The New Yorker* lo publicara; que aún no había enviado nada para que lo leyeran, y que no era seguro que fuera a seguir haciendo averiguaciones hasta el final. Y, como dudaba de mí mismo y me aterrorizaba la entrevista de esa tarde, acabé dando por zanjada la conversación diciendo: «*This is none of your business*». Luego le pedí que esperara abajo a que me vistiera.

Viajamos en metro sin dirigirnos la palabra. Yo me había cerrado en banda, ella también. Después de la visita a la oficina de inmigración —expeditiva, formalidades, un expediente que debían poner al día; por lo visto habíamos salido de la zona de incertidumbre—, doblé a la izquierda delante del palacio de justicia y ella a la derecha, en dirección al Sena. Nos despedimos sin besarnos, pero luego, como si lo lamentara, ella retrocedió apresuradamente: «Zachary, por cierto, casi me olvido... Voy a pasar las vacaciones de Navidad en casa de los padres de mi chico, en Borgoña. No podré acompañarte a Vermont. Espero que lo entiendas. En cualquier caso, no estaría de más que dijeras a tus padres que ya no estamos juntos, empieza a ser extraño. Tu madre y sus regalos... Bueno, en fin, haz lo que te parezca. Me voy, adiós, cuídate».

Los vestigios no son la verdad de una historia ni lo más sólido; solo son lo que está químicamente hecho para perdurar.

Aunque ella habría preferido que no nos viéramos, como me dijo desde el primer momento, al final se había decidido a hablar conmigo para disuadirme de que siguiera escribiendo, fuera lo que fuese, porque no tenía sentido añadir desgracia a la desgracia. Temía la curiosidad morbosa por el personaje, que solo quedara de él lo anecdótico y lo trivial. Era otra época, ella era otra persona. Tenía su vida, otros recuerdos. Decía: «Tristan debe seguir siendo nuestro secreto, un misterio para quienes lo conocieron. Lo que cuenta no es tanto lograr esclarecerlo como la certeza de que él está presente en nosotros, de que era un ser poco común, radiante, cuya alegría y bondad solo se podían equiparar con su lado sombrío y violento. Por fiel que sea, una semblanza jamás podrá acceder a todo eso». Entonces, ¿para qué atizar el dolor que sus amigos y familiares intentaban apaciguar en la sombra? Me confesó que algunos de los artículos que habían publicado al día siguiente de su muerte la habían herido. Se refería en concreto a un reportaje con un título sensacionalista *«Embrace your madness»*, acepta tu locura, en el que habían participado personas deshonestas, antiguos amigos de Filadelfia a los que Tristan había perdido de vista pero cuyas declaraciones sin tapujos y anécdotas repugnantes habían sumido aún más a sus allegados en una profunda tristeza. Se habían revelado cosas que deberían haberse silenciado. Desde entonces, ella se había prometido no volver a hablar del tema. Solo me había querido ver para decírmelo en persona y exponerme los motivos. Le respondí que lo comprendía, traté de explicarle a grandes rasgos la idea de la semblanza que pretendía hacer, pero ni siquiera yo creía ya en ella. Me había resignado a dejarlo tras las palabras de Camille y también a causa de los escrúpulos que sentía y que no había imaginado que se me presentarían. No sé si ella captó en mi mirada el sentimiento de culpa, el caso es que al final me dijo entreabriendo la puerta: «Zachary, esto no va contra usted. Estoy segura de que la lectura que ha hecho de la novela es sincera, pero ha de entender que la familia ya ha sufrido demasiado. Le prometí a Gretchen, la hermana de Tristan, que guardaría silencio. La estimo mucho y no quiero malograr la relación que me une a ella. En cualquier caso, le voy a dar su correo electrónico. Si consigue que ella lo acepte o se confíe con usted, quizá yo cambie de opinión. Ya veremos. Aunque, a decir verdad, ya he contado todo lo que tenía que contar o, mejor dicho, lo he escrito».

9

Fecha: 20 de octubre de 2023, 18:25
De: Zachary Crane
A: Henry Finder

Querido Henry:
Tal y como te prometí, aquí tienes unas diez hojas de la semblanza de Tristan Egolf. Todavía es un borrador. Me he detenido en su regreso a Nueva York y por el momento no he entrado en su infancia en Pensilvania ni en los años de Filadelfia. Si las páginas que te envío no te parecen demasiado horribles, proseguiré con las averiguaciones. Veámonos para hablar. Volveré en unos días y me quedaré ahí hasta Navidad.
Saludos,
Zachary
P.D.: He aprendido la lección. *Observar la vida a través de la mirada de otro* outsider *es casi una experiencia colectiva.*

Egolf, una semblanza (I)

Joan Didion escribió un día: «Es fácil ver el comienzo de las cosas, el final resulta más difícil». Dado que en esta historia la dificultad se encuentra tanto al final como al principio, ¿por qué no empezar *in media res*?

Hemingway se marchó rumbo a otros horizontes

En diciembre de 1993, cuando Tristan Egolf llega a París, solo tiene veintidós años, cien dólares en el bolsillo, tres libros y un manuscrito. En una libreta, una dirección de la Rue Carpeaux, la de un amigo de Filadelfia al que conocía de la época de estudiante. En realidad, Egolf solo había cursado un semestre en la Universidad de Temple y luego había encontrado trabajo de proyeccionista. En cambio, James Porter, que así se llamaba el amigo, asistía a una escuela de arte en el centro de Filadelfia. Los dos habían coincidido en una fiesta organizada por un compañero común y habían descubierto que compartían la misma pasión por la obra de Herzog y por el cine en general. Según cuenta James, les encantaba especialmente no estar de acuerdo en nada, ni sobre las películas que veían juntos ni sobre los libros que se prestaban. «Tristan era desenfrenado, nuestra juventud era la coartada de nuestra arrogancia. Pasábamos de todo y de todos.» En aquella época, a James le interesaba ya la restauración de edificios y a Egolf la literatura. James recuerda que su amigo leía noches enteras metido en una bañera vacía, pues tenía la teoría de que era el mejor lugar para concentrarse.

Después de graduarse en Filadelfia, James fue a reformar una casa ocupada en el norte del estado de Nueva York. En la obra conoció a una chica y se enamoró de ella. Después viajó por Europa antes de instalarse en París para aprender francés y reunirse con su novia, Shelly, que lo estaba esperando en una buhardilla de la Rue de Babylone.

Es ella quien se encuentra con Egolf recién llegado del aeropuerto. «Había un tipo con un gorro peruano sentado delante de la puerta de nuestro edificio; fue la primera vez que vi a Tristan.»

Mientras James y Shelly disfrutan de París, Egolf planea involucrarlos en un periplo a Ámsterdam. No le cuesta mucho convencerlos. Son jóvenes, aún no tienen ninguna responsabilidad, no deben nada a nadie, de manera que ¿por qué no? Vivirán como puedan. Así pues, dejan el piso. Shelly se queda unos días en París para devolver las llaves y recuperar la fianza. Tristan y James parten en calidad de exploradores para buscar casa y trabajo. Cuando Shelly se reúne por fin con ellos, los dos amigos siguen viviendo en la calle, borrachos de la mañana a la noche, sin la menor idea de lo que van a hacer en los Países Bajos. Ella recuerda cómo se encontraron en la estación, a los dos amigos esperándola al final del andén, a Tristan abrazándola y bailando un vals con ella, las maletas en el suelo, una alegre confusión. Se instalan en un tugurio del Barrio Rojo de Ámsterdam, regentado por un camello —lo descubrirán más tarde—, y cada uno busca una ocupación. James reparte folletos a los turistas para un club de comedia cutre. Egolf toca la guitarra en la calle durante cierto tiempo, haciendo versiones de folk, y la gente le lanza monedas para que se calle. Luego lo contratan como pintor de brocha gorda y pinta con un rodillo las paredes a lo largo de un canal. Shelly entra en una compañía de danza. No es una existencia maravillosa, pero viven despreocupados y felices de estar juntos. Se ríen mucho. James y Shelly se quieren y adoran a Tristan. Nada ambiguo. No es una variación del tema de *Jules y Jim*.

«Vivíamos gracias a trabajos ocasionales, y la gente venía a comer a nuestra casa. En el trío que formábamos, James era el chico civilizado, Tristan el caso perdido y yo la saltimbanqui», resume Shelly. «Una noche de cada dos, Tristan regresaba al piso acompañado de un tipo que había conocido una hora antes en un bar o en la calle. ¡Un tipo fabuloso, "por descontado"! Que era o bien un tío colocado hasta las cejas que se reía como un idiota de todos sus chistes, o bien un desgraciado que no había pedido nada, extraviado, que de repente se encontraba compartiendo un plato de pasta al limón sentado con las piernas cruzadas en el suelo.»

«Cuando está mal, es peor que el beso de la muerte; cuando está bien, el mejor compañero que se puede tener. No hay término medio; eso es, supongo, lo que me llama la atención», escribirá Egolf más tarde en una de sus novelas, como si tratara de confesarse. La tranquilidad lo angustia, la agitación también, pero es el aburrimiento el que, sobre todo, hace resurgir sus demonios. El alcohol, las drogas, el trabajo, la escritura, todo vale con tal de salir de uno mismo, aunque solo sea por un momento.

Cuando sus dos amigos deciden marcharse de Ámsterdam, Egolf se queda solo y las cosas no hacen sino empeorar. En ese periodo vive en un camping a las afueras de la ciudad, una zona infame lindante con un terreno baldío y una autopista. No tarda en trabar amistad con un grupo de mochileros, de marginados que, tras viajar por toda Europa, han ido a parar a ese lugar. Son Jo, el vagabundo de Florida; Gordon, el escocés; Svenska, el sueco; y Egolf, el estadounidense, que hace las veces de predicador. Tras reunir a un ejército de desubicados, Tristan se autoproclama «ministro de propaganda».

Una noche se le mete en la cabeza organizar un gran bautismo y enviar a sus discípulos a bañarse a un estanque que hay algo más abajo. Él da el primer paso; corre desnudo como una exhalación por la pendiente, pero, cuando llega a la charca, se da la vuelta horrorizado y empieza a gritar y a agitar los brazos hacia sus compañeros para que den marcha atrás. El estanque es una fosa séptica. Chaplin entre los punkis.

¿Cuánto tiempo vive Egolf solo en Ámsterdam? Ni Shelly ni James lo recuerdan con exactitud. Sí que se acuerdan, en cambio, de Juliet —*«Couch»,* dice James riéndose—, la novia de Egolf. Era un desastre y un imán para los problemas tan potente como Tristan. Juliet llega de Estados Unidos y alquila un estudio en París. Cuando Egolf regresa de Ámsterdam en el verano de 1994, se instala allí. El estudio está detrás de la Place de la Contrescarpe, en el número 74, Rue du Cardinal-Lemoine, en el mismo edificio donde vivió Hemingway. Junto a la puerta se puede ver la inscripción con la cita de *París era una fiesta:* «Así era el París de nuestra juventud, en la época en que éramos muy pobres y felices».

En una carta que envía a Art, un amigo de Filadelfia, cuenta: «Ahora mismo estoy muy bien. Desayuno mucho y me paso la mañana en el Jardín de Luxemburgo hasta la hora de comer; luego escribo hasta la hora de cenar, salgo un poco... Espero que algún día pueda ganarme la vida de esta manera».

Hace dos años que Tristan no para de darle vueltas a la trama de un libro. La historia de una rebelión de basureros, de una ciudad en llamas, de un antihéroe que encaje en la desmesura de la América profunda. A veces cuenta que la idea no es en realidad suya, pero lo cierto es que lo obsesiona. Marca un giro radical y es una idea fija en la que Egolf se empeña con tenacidad y constancia. Por ella sacrifica todo lo demás. Desde que empezó a escribir, está convencido de que o lo termina o acabará como su padre, derrotado y resentido.

A finales de septiembre concluye una primera versión del libro. El texto, muy breve, es más bien un guion. James lo describe como un esqueleto descarnado, desprovisto de escenas y de grandeza. «Antes de dar vida a sus personajes, necesitaba vivirlo él en primera persona. Probaba, se adelantaba o, más bien, provocaba la aparición de lo que había escrito para experimentarlo de forma concreta. La primera versión era mucho más corta. Le faltaba sustancia, diálogos.» Su amigo lo critica sin miramientos. Egolf se pone de nuevo manos a la obra. En esa época, James y Shelly se dedican a fabricar cuadernos a mano y le regalan uno. Tristan inicia en él la segunda versión con bolígrafo.

*

El Pont des Arts

El dinero escasea, de manera que Tristan Egolf toca en los bares y pasa el sombrero. A veces se pone durante el día en una plaza o en un puente. Interpreta clásicos con la guitarra, como la canción de Bob Dylan que tanto le gusta, «He Was a Friend of Mine», y que canta con una voz menos ronca que la original, pero cuyos graves endurecen el lamento. Un domingo, después de haber pasado parte de la mañana peleando con el manuscrito, se encamina hacia el Sena y lo bordea hasta llegar al Pont des Arts. Deja el estuche abierto se instala sobre las tablas y rasguea la guitarra para los turistas. El resto de la historia se narra en *Distante,* la novela en clave de Marie Modiano. Los nombres están cambiados, los lugares algunas veces; es la crónica de una actriz de teatro —lo que ella llegó a ser— que ofrece de contrabando su versión de los hechos. Al igual que cualquier historia, es una eterna repetición, la que la hoy escritora y cantante deja consignada sobre su amor juvenil en un libro. Un relato del que la pareja se vio desposeída desde el principio.

La narradora pasea con una amiga de la misma edad. Es un domingo por la mañana, la fecha corresponde a la del encuentro, el 23 de octubre de 1994.

Las dos jóvenes vagan, deambulan a orillas del Sena. Al final se detienen en el Pont des Arts. Sentado sobre las tablas, con un gorro negro, un joven toca la guitarra. Ellas pegan la hebra con él, quien les cuenta que es de Filadelfia, que lo ha abandonado todo para terminar la novela en la que está trabajando.

Después, Marie escribe que se vieron a menudo en el Corona, un café situado en el muelle del Louvre. Un tiempo suspendido en el que aprendieron a conocerse. En el mes de diciembre él le anuncia que va a regresar a Estados Unidos. Ha terminado la novela y está sin blanca, necesita ganar algo de dinero. Le explica que parte de su familia vive en Indiana y que está seguro de que podrá encontrar trabajo allí. Le promete volver en cuanto haya ahorrado lo suficiente. Ella recuerda haberle escrito su número en un pedazo de papel.

*

Levantad, carpinteros, la viga del tejado

«A tu novela le falta vida real», le dice James. Tristan se marcha de nuevo para enriquecer el libro con esa vida. Al país de su infancia, la Norteamérica perdida de los paletos explotados y sumidos en la indigencia, la violencia, la locura, la obsesión por el dinero, y la hipocresía, el puritanismo de los pioneros y la locura de los marginados de la *wilderness.* Se le mete en la cabeza irse una temporada a Indiana a trabajar duro en las fábricas para documentar *El amo del corral* y salir de nuevo a flote. En el invierno de 1994 pasa las fiestas primero en Pensilvania, luego con la familia de su padre en Indiana. El feudo de los Evans se encuentra en Huntingburg, en el condado de Dubois. Llegados a este punto, hay que precisar que Egolf es en realidad el apellido de su padrastro, que Tristan adoptó como propio en la adolescencia, tras el fallecimiento de su padre. Sus abuelos, Warren «Bing» Evans y Frances, se instalaron en un pueblecito minero situado a orillas del río Patoka. Un pueblo donde abundaban la desdicha y el carbón, en la frontera con Kentucky, junto a Jasper, encajonado entre Evansville y Louisville, a dos horas en coche de Indianápolis al norte y de Cincinnati al este. Un rincón del Medio Oeste como tantos otros, lóbrego y singular. Desde que su padre se suicidó cuando él tenía dieciséis años, Tristan conservaba un fuerte vínculo con esa parte de la familia. Pasaba todos los veranos en casa de Frances y Warren, bien arropado por ellos. Al modo de las ciudades de papel, Pottville y Baker parecen inspirarse en buena medida en Jasper y Huntingburg. La abuela de Tristan, metodista y patriota de la Indiana rural dominada por las mujeres mayores, intransigente en cuestiones morales y gobernada por el sentido común y la religión, podría haber dado pie a las pérfidas figuras de las «arpías», aunque solo *grosso modo,* ya que su alma no era en absoluto tan negra. Su abuelo, Warren «Bing» (ese era su apodo, Bing) Evans, estaba hecho de otra pasta. Era, junto con el padre de Egolf, el héroe de su infancia, cuyas historias nutrían al anochecer todo un imaginario de guerra, combates y valentía. Pero, a diferencia de su progenitor, fantasma peligroso y genio malvado, el aura de Warren elevaba a Tristan hacia otros valores: heroísmo, dignidad, coraje y humildad, la idea que Tristan acabaría teniendo de lo que es un buen hombre, de lo que habría que ser en la vida. Warren era una persona querida y respetada; incluso ahondando en él y pasando por alto unos cuantos arrebatos y una severidad frecuente en la época, era muy difícil encontrarle un lado tenebroso, salvo el que mantenía oculto: el trauma de la guerra, todo lo que la gloria enmascara; una parte de su juventud, de la que se decía que parecía sacada de una novela de Ernest Hemingway. Héroes marcados por haberse enfrentado a la experiencia de la muerte, forjados en los campos de batalla. Supervivientes y hermanos de armas, jóvenes curtidos que habían cruzado los mares y habían regresado de ellos impregnados de imágenes y de terror, felices ya en la sombría llanura que se extendía ante sus ojos, contentos con la monotonía recuperada de los paisajes, que creían perdida para siempre. El vasto mundo había templado a estos harapientos, los había vacunado de la fiebre del viaje y de lo ajeno, atormentados como estaban por el recuerdo de las fosas comunes y la violencia de los combates. Al igual que Frederic Henry, el personaje de *Adiós a las armas,* Warren «Bing» Evans había atravesado toda Italia, país del que había regresado cubierto de gloria y deshecho, veterano a los veinte años, tan asustado como un niño. Era un hombre tranquilo, la tierna imagen del patriarca del Medio Oeste. Tras el suicidio de su padre, Tristan se había aferrado a su benevolente protección.

Estamos hablando de un rincón del Medio Oeste mortalmente aburrido, atravesado por minas de carbón semejantes a enormes bocas abiertas en la tierra, fábricas monstruosas, campos de maíz y soja hasta donde alcanza la vista y, aquí y allá, granjas aisladas, protegidas de la inmensidad del vacío, del miedo al intruso por un puñado de árboles pegados a las casas, unas vallas inútiles y un perro débil que ladra atado a una cadena.

Colin era el primo al que Tristan adoraba. Medio salvaje, coleccionista de cartuchos, de navajas, guijarros y pieles de serpiente. Pescador, cazador, compañero de veranos interminables. Cuando eran niños, los dos primos salían con el equipo por la mañana y se encaminaban hacia las orillas del Patoka, que se iluminaba por las tardes con unas puestas de sol fabulosas. Era como si en ese instante la Tierra liquidara su saldo de tristeza y aburrimiento, su frialdad, con unos crepúsculos espectaculares, grandes salpicaduras rosas y anaranjadas que estallaban en el cielo y no se apagaban hasta bien entrada la noche, cuando las ranas entonaban su canto. En una novela de Laird Hunt, uno de los personajes pregunta: «¿Por qué es Indiana el estado más bonito de Estados Unidos?». Su interlocutor le responde: «No lo sé, es nuestro hogar, es donde vamos a pasar toda la vida. Además, es un nombre precioso, ¿no crees?». Al caer la noche, el cielo teñido de un azul profundo, los árboles se recortaban a lo largo del río y los dos chicos regresaban, saciados de aventuras y tonterías, listos para sentarse a la mesa.

Colin era un superviviente, pero literalmente. Estaba enfermo, condenado desde el nacimiento a morir de niño, pero aun así había superado el límite que la medicina había asignado a su vida, a la macabra cuenta atrás que llevaba en su interior. Sin duda, había sacado de esa vida en suspenso un suplemento de alma. Colin había asimilado la breve fecha de caducidad. No vivía atemorizado ni preocupado por el mañana, sino todo lo contrario, confiado, libre, con algo de locura, con una inventiva veloz. En una suerte de lucha por la supervivencia, había llegado a la edad adulta, a los veinte años, sin más esperanza que seguir así, encadenando un día tras otro. Tristan lo quería con toda su alma.

Después de intentar en vano que lo contrataran en una de las minas de Jasper —soñaba con un trabajo masculino—, y a falta de algo mejor, Tristan encuentra un puesto temporal en una empresa de pañales —*a diaper production plant*—, una fábrica gigantesca que inunda la región de Pampers. Se convierte en una de esas ratas de factoría que se presentan por la mañana empalmando un cigarrillo tras otro, vestidos con monos en la cadena de montaje, repitiendo el mismo gesto hasta la náusea. Pero no es lo mismo trabajar sin poder escapar de los tres turnos, sin otro horizonte, que hacerlo sabiendo que el castigo es temporal o incluso que se trata de una labor de documentación. Aunque confiaba en poder compatibilizar el trabajo con la escritura, Tristan descubre el ritmo infernal y el terrible embrutecimiento que producen las tareas repetitivas. Sale de la fábrica extenuado, abatido, incapaz de escribir una sola palabra en el papel. Toma notas con dificultad cuando recupera las fuerzas. Para sacar algo de esa experiencia debería escapar, solo entonces podría utilizar parte del material por el que ha tenido que sufrir. Al igual que sus compañeros, al atardecer pasa de la planta a la barra del bar como si recorriera una línea de la cadena de producción, a beber hasta altas horas de la noche en tabernas de carretera. Santo pilar del *Corn Belt:* trabajar duro, rezar y emborracharse.

«Las ratas de fábrica nacen con la malta agria en la petaca que tienen a mano. [...] Es una población dipsómana y nadie podría sostener lo contrario», escribe

Tristan en *El amo del corral.* Imagina incluso la canción de los beodos de Baker:

BENDITA SEA LA BOTELLA, BOTELLA,
EL CARRITO QUE NOS TRAE LA BOTELLA
A LA TIERRA,
BENDITA SEA ENTRE TODAS, NO NOS DEJES
SECOS,
DANOS LA COPITA DE TODOS LOS DÍAS
Y NO NOS DEJES CAER EN LA SOBRIEDAD,
MAS LÍBRANOS DE LA SEQUÍA...

Sentado en el taburete del bar, Tristan se nutre de lo que ve y lo que vive. Todo acabará formando parte de la novela, esta lo engullirá todo sin distinción: los compañeros, los borrachos, los místicos, los chiquillos; la fábrica de pañales se transformará en un matadero de pavos; su bar, en la taberna Whistlin' Dick; toda la fauna de Huntingburg y de Jasper se convertirá en la de Pottville y Baker. Tras haber mamado de Bukowski, Céline, Vonnegut y Rabelais o de las películas de Cimino y de Herzog, observa las cosas como si formaran una escena maravillosamente viva, infinita, endiabladamente ingeniosa, llena de ruidos y de furor, de risas estruendosas y de peleas espectaculares, un material listo para usar cuando llegue el momento. Seis meses almacenando litros de combustible para la novela, para la explosión del motor.

*

La matanza del ternero cebado y la insurrección de los lúcidos

La acción se desplaza de nuevo a París. Tristan Egolf vuelve a la ciudad, se instala en el piso de James y Shelly, en la Rue Carpeaux. Marie Modiano cuenta en *Distante* el mensaje que encontró en el contestador, en el que Tristan le anunciaba su regreso en junio de 1995. Describe los paseos de esas tardes de junio, sus conversaciones, la despreocupación y la dulzura de esos momentos. Recuerda la primera noche que pasaron con James y Shelly, a quienes llama Thomas y Suzanne en la novela, la cena en el estudio donde vivían todos. «Comiendo espaguetis con nata, bebiendo whisky, jugando al póquer, arreglando el mundo y amándonos en la oscuridad.»

¿Existe de verdad un libro antes de que alguien lo haya leído? Egolf ha vuelto de su estancia en Indiana con el manuscrito de *El amo del corral* en el cuaderno que le regalaron sus amigos, cuyas páginas ha llenado por completo con una letra muy junta y diminuta. Todo está ahí: la familia maldita, la rebelión, la ciudad envuelta en llamas y ensangrentada, el retrato de un Medio Oeste delirante. Ha alimentado cada escena con lo que ha visto y lo fantástico tiene ahora la densidad de un realismo enriquecido con los detalles. James, el primer lector, se burla de esa profusión y desanima una vez más a su amigo: es demasiado denso, demasiado complicado, poco sincero. Las palabras de James hieren a Tristan. Ante la intransigencia de su amigo, ve alejarse el final de la novela que creía ya próximo. Piensa en su padre, escritor frustrado, periodista de segundo orden que se sumió en la decadencia y los excesos, y teme ser su calco. A los veinticuatro años, vislumbra el fracaso y teme la amargura que conlleva la oscuridad. Tristan Egolf pierde en Ámsterdam este manuscrito de doscientas cincuenta páginas, se deshace de golpe de todo el trabajo escrito a mano en el cuaderno. Un olvido voluntario, un acto fallido, y de nuevo se siente preparado para escalar por otra vía la gran novela.

¿Un último intento?

*

De la leña seca

Tristan Egolf pasa un año escribiendo su novela —pretende reinventarla de memoria, batallando contra lo que aún le parece un fiasco, el extenso borrador que redactó en el cuaderno que perdió en Ámsterdam— y viviendo con la joven de la que se ha enamorado perdidamente. Marie es hija de un escritor. Por aquel entonces, Patrick Modiano aún no había ganado el Nobel «por el arte con el que rememora los destinos humanos más inasibles»; su aura, su influencia eran sobre todo francesas. Un novelista de la posguerra perdido en un París ya inexistente, que sondea de forma incansable un pasado brumoso impregnado de recuerdos envueltos en la niebla, unas acuarelas graves de personajes dobles, una escritura anclada en una geografía y un tiempo, la Francia del colaboracionismo. Patrick Modiano no se puede equiparar con ninguno de los novelistas estadounidenses, quizá habría que buscar más bien entre los autores de reportajes. Curiosamente, viene a la mente Joseph Mitchell, quien tiene una idéntica obsesión urbana, una nostalgia que no cae en el exceso de una ciudad sumergida, un estilo preciso, la sencillez de la línea clara para trazar el paso apresurado en el asfalto. Tristan Egolf no ha leído a Modiano. Sabe que es escritor, pero, por encima de todo, es el padre de su novia. Un hombre tímido, de una belleza peculiar, que lo ha acogido en su familia con dulzura y una confianza inusual. Una familia que Tristan descubre sentada a la mesa a la hora de cenar, una familia en la que predominan las mujeres. Está Marie, por supuesto; Zina, la hermana mayor de veintiún años, y Dominique, la madre, pintora y mujer de gran elegancia, que le traduce las conversaciones en la mesa cuando se pierde. Al igual que Patrick Modiano, Tristan tiende a desviar la mirada. Los dos, a su vez, miran desde sus casi dos metros de estatura. Cuando se levantan, parecen estacas desorientadas, extraviados en sus trajes; cabe suponer que se entienden en silencio. «Se necesita mucho tiempo para que vuelva a salir a la luz lo que se ha borrado», escribe Patrick Modiano en *Dora Bruder,* la novela en que está trabajando cuando se conocen. En ese momento se dispone también a publicar *Más allá del olvido.*

Tristan Egolf divide su vida entre el estudio de James y Shelly, el piso de los Modiano, donde ha establecido su domicilio, y una buhardilla de la Rue Vignon, a caballo entre el octavo y el noveno distrito. Una habitación para escribir que paga tocando dos veces por semana en los bares, los martes en un pub irlandés de la Rue Montmartre y los jueves en una taberna inglesa de la Rue Saint-André-des-Arts. En *Distante,* Marie Modiano recuerda «la habitación minúscula», el ascensor hasta el sexto piso, la escalera de servicio para llegar a la buhardilla y «el pasillo laberíntico».

Es un año especial. A finales de julio, mientras Tristan estaba en Ámsterdam, se produjo un atentado: una bomba que explotó en la estación del RER de Saint-Michel acabó con la vida de ocho personas y hubo cientos de heridos. Ese mismo verano, a varios miles de kilómetros, las fuerzas serbias entraron en Srebrenica y mataron a más de ocho mil hombres. El 4 de noviembre, un mes después de los acuerdos de Oslo, el asesinato de Isaac Rabin fue retransmitido en directo por las televisiones de todo el mundo, como, por otra parte, sucede desde entonces con los acontecimientos trágicos, comentados y exhibidos en los escaparates de las tiendas de Hi-Fi, en pantallas gigantes que repiten las mismas imágenes de muerte y desastre.

Estamos en noviembre de 1995, Francia está bloqueada por unas huelgas gigantescas desde hace un mes y el movimiento no deja de extenderse. Es un país inmovilizado. Las escuelas están cerradas, los transportistas han dejado de suministrar gasolina, las tiendas se encuentran medio vacías y en las calles se amontonan los cubos de basura. Es una preparación a cielo abierto de *El amo del corral,* la gran huelga de basureros y el tremendo caos que Tristan va haciendo emerger en cada página. No hay ningún medio de transporte, miles de ejecutivos cargados con su maletín deambulan como zombis al amanecer y al atardecer, los estudiantes universitarios y de secundaria hacen autostop, la ciudad está inundada de patinetes, patines y bicicletas viejas, y las monstruosas manifestaciones sindicales que tienen lugar dos veces por semana paralizan la capital.

Desde hace tres años, la vida de Tristan y su novela están intrínsecamente entrelazadas en una conexión tan genial como malsana. Si, por una parte, se inspira en la realidad para escribirla, en ocasiones la obra la traspasa, la prefigura, la anuncia (no hace mucho ha descubierto a Nostradamus y desde entonces se dedica a elaborar teorías cada vez más descabelladas sobre el adivino). Un día tiene que ingresar en el hospital debido a un accidente de taxi en el Pont-Neuf. Lo trasladan a las urgencias del Hôtel-Dieu. No es grave, solo tiene un golpe en una ceja y la cara ensangrentada. Cuando Marie lo recoge, alegre y herido, él le explica que precisamente en esos días ha estado completando una escena similar en la novela: el accidente de coche de John Kaltenbrunner, la etapa hacia la caída en picado del chico y su madre, a quienes las arpías despluman poco después. «Oyó que el conductor gritaba por encima del asiento trasero lleno de niños justo antes de la colisión. El golpe retumbó a varios kilómetros de distancia. La cabeza de John se inclinó hacia delante debido al impacto. Su cara atravesó el parabrisas.»

En *Distante,* Marie Modiano resume la progresiva desaparición de la frontera: «Hacía tiempo que la ficción había tomado el relevo de la realidad y eso era precisamente lo que le daba oxígeno y gracias a lo que, no sin dificultad, lograba mantenerse en pie. De esa forma, al introducir cada fragmento de su vida en su obra y sacrificarlo todo para trascenderlo a través de la escritura, se iba consumiendo gradualmente sin darse cuenta. El camino hacia la locura se iba trazando solo, poco a poco».

El año 1996 está marcado por la finalización del manuscrito de *El amo del corral.* Tristan se dedica a pulir la novela hasta el verano. Se lanza de cabeza a la última batalla. En junio corona su *Amo* con una dantesca escena final, una confusión absoluta, un torrente de palabras febriles, barrocas, una furia lingüística que experimenta en voz alta, aislado en la buhardilla o actuando ante James y Shelly. Interpreta el espectáculo disfrazándose de todos los personajes, recitando a voz en grito la apoteosis macabra de Kaltenbrunner. Fuegos artificiales de insultos y de destrucción interminable, un apocalipsis seguido de la llegada de los apóstoles, que se presentan para contar la epopeya, y de las camillas.

En verano, teclea en una máquina de escribir electrónica el borrador que ha redactado en los cuadernos. Una vez terminado, devuelve las llaves de la habitación y, con el dinero de la fianza, fotocopia en un Copytop próximo a Jussieu diez ejemplares del bloc de setecientas hojas, tan voluminoso y compacto como una guía telefónica. Sin un centavo, arruinado tras un año de arduo trabajo, propone a Marie pasar el verano en la Indiana de sus abuelos, Warren y Frances. En el mes de enero siguiente, la sigue a Inglaterra, donde Marie entra en una escuela de arte dramático de Londres. Entretanto, se perfilaba un verano con Colin a orillas del Patoka.

*

La angustia solo le concede una breve tregua. En septiembre, de vuelta en París, las cartas de rechazo se van acumulando. Ninguna aduce motivos, simplemente acusan recibo del voluminoso paquete y lo desechan de forma educada pero firme. Tristan Egolf retoma el manuscrito. Ya no son veinte, puede que sean cincuenta las veces en que reinicia la novela, convencido de que un día lo conseguirá. O de que, si no lo consigue, morirá en el intento. Todo menos abandonar, resignarse, aceptar. La muerte o la victoria. Si no la publican, será porque no ha trabajado lo suficiente. Tiene que aplicarse. Así pues, reescribe el manuscrito, una línea tras otra, a mano, hoja a hoja, con la letra cada vez más minúscula, con bolígrafo, un cuaderno de papel pergamino tan ilegible que da la impresión de ser la obra de un chiflado. Combate en solitario contra un sistema editorial en guerra con los autodidactas. Sin agente no hay salvación posible, sin recomendaciones los editores no prestan atención. Imaginar que una obra tan extensa, con un título extravagante y un subtítulo incongruente *(La matanza del ternero cebado y la insurrección de los lúcidos en la región del maíz),* pueda abrirse paso hasta el despacho de un editor neoyorquino, incluso aunque sea de segunda categoría, es vivir en una ficción romántica bastante siniestra cuyo desenlace, en su caso bien real, no es otro que la sombría decepción de un hombre extraviado.

Cual don Quijote apaleado por los arrieros, Tristan Egolf se aflige y se obstina durante el otoño, «más trabajo, más trabajo», se repite. Duda que sea posible ofuscarse aún más con una labor tan ardua, creer en la fábula de la obra maestra desconocida, porque ve con toda claridad el callejón sin salida moral. Se aferra a la figura del artista incomprendido —John Kennedy Toole y el absoluto rechazo que padeció *La conjura de los necios*— al que la sociedad incita a quitarse la vida. Se engaña con la historia del manuscrito de Toole, de su muerte por suicidio en 1969, a la edad de treinta y dos años, y de la manera en que su madre —la de Egolf, Paula, también habría sido capaz— acabó convenciendo en 1976 a Walker Percy para que leyera al menos el principio, cosa que este hizo al final, salvando la novela de la indiferencia general. Una parábola de cuyo peligro era consciente, la droga de tantos mediocres, de tantos pintores dominicales de cuadros malos, quienes, ante la evidencia, aspiran o, mejor dicho, reivindican la parte de posteridad de un futuro que tiene la excusa fácil de existir exclusivamente en la mente de los vivos. O él era ese genio oculto o un loco de manicomio que cree ser Abraham Lincoln o Napoleón. La radicalidad de su proyecto, su testarudez y su perseverancia no le dejaban otra salida: o una cosa o la otra. De hecho, Tristan se despertaba ya presa del pánico: ¿y si, sencillamente, había escrito un libro malo, indigesto, denso, abstruso, brutal y sin el menor interés? ¿Y si, al igual que su padre, había perdido el control? En los días más lúgubres aún podía aferrarse a la frase de Swift que figura en el epígrafe del libro de John Kennedy Toole: «Cuando aparece un auténtico genio en este mundo mezquino, se le reconoce porque todos los necios se alían contra él». En cualquier caso, seguía sintiéndose deprimido, asustado, aislado; ni siquiera creía ya en su elección.

Antes de guardar el manuscrito en el armario, sigue los consejos de un amigo periodista que está más introducido en el medio, y envía cartas y correos electrónicos a los editores locales, a los que adjunta un extenso resumen de la novela. Un ejercicio absurdo que cuenta cuando está sentado a la mesa de la familia Modiano, sorprendido de no haber podido «vender» su historia ni siquiera después de haberla deshuesado, despedazado.

Una mañana de diciembre —así es como los protagonistas narran la historia o como esta se dio a conocer a la prensa, o como podríamos apostar a que ocurrió de verdad, sabedores de que de la verdad solo existen versiones—, Patrick Modiano sube a cerrar una ventana del piso de arriba, en el dormitorio de su hija. Encima del escritorio montado con unos caballetes que está frente a la ventana encuentra el manuscrito reescrito a mano. Por mucho que parezca disparatado o irracional, intuye que se trata de un gran libro. Al describir la pila de folios evoca la letra diminuta de Robert Walser. «Es absurdo», dirá, pero el caso es que lo intuye. Patrick Modiano le pide a su esposa Dominique que lo lea. Esta, que es perfectamente bilingüe, se inclina sobre el montón de hojas. Queda cautivada por la intensidad que emana de ellas y enseguida tiene la impresión de estar ante un clásico. Un clásico instantáneo. Sin igual, singular, una aparición.

Patrick Modiano recomienda el manuscrito a Antoine Gallimard, cosa que jamás había hecho en treinta años. Así comienza la historia del *Amo* y de un francotirador en el mundo editorial.

*

Du Monde Entier

A continuación, se trazan dos trayectorias paralelas. Mientras Tristan y Marie se instalan en enero en el oeste de Londres, *El amo del corral* se independiza, sigue su camino sin que nadie sepa quién es el autor. A principios de febrero, llega a la mesa de Christine Jordis el manuscrito, tan extraño como inesperado: un texto original escrito en inglés, sin editor en su país, sin agente y recomendado por un autor de la casa. La tarea tiene más de diplomático que de editorial. En cierto sentido, antes incluso de abrirlo, de leerlo con atención, la cuestión que Christine se plantea es más bien: ¿cómo rechazarlo de manera educada (consciente de que el silencio, el arma más preciada en ese caso, no es posible)? Patrick Modiano forma parte del comité de lectura, sus miembros lo escuchan, lo aprecian y lo admiran, pero jamás se le ocurriría aprovechar la influencia de la que disfruta. Si ha recomendado el manuscrito que se encuentra encima del escritorio, es porque merece la atención de la editorial. Christine Jordis es la editora de narrativa en inglés, de los libros de Saul Bellow, Philip Roth o John Edgar Wideman. Está especializada en novelistas inglesas como Jean Rhys, Emily Brontë, Kathleen Raine o Virginia Woolf. Trabaja en Du Monde Entier, la colección de autores extranjeros en cuyo catálogo figuran las novelas de Boris Pasternak y D.H. Lawrence, *El proceso* de Kafka o *El ruido y la furia* de Faulkner. El lugar soñado por Tristan Egolf, quien no sabe que su obra está circulando. Los editores trabajan con lectores, colaboradores habituales que o bien respaldan su lectura o se adelantan a ella. Christine Jordis mira el manuscrito y se lo envía a su hombre de confianza, Serge Chauvin, especialista en literatura estadounidense, un «portento», afirma ella. Traductor hoy en día de Cormac McCarthy, Colson Whitehead, Zadie Smith o Richard Powers, Chauvin es en ese momento un joven profesor que está debutando en el oficio. Trabaja para Christine Jordis, lee rápidamente las novelas que a Christine le envían los agentes o los editores anglosajones, redacta los informes de lectura y califica las obras conforme a un baremo estricto, según la antigua tradición de la editorial, poco comprensible para los profanos, que consiste en otorgar una nota que oscila entre 0 y 1,30. Serge recuerda conmovido la primera lectura, el comienzo de la novela: «Llegó un momento en que, en cuanto hubo amainado la refriega entre Baker y Pottville y los veinte o treinta últimos chicanos de la factoría avícola de Sodderbrook, los teutones de Buzzard's-Roost, los gnomos de la calle Dowler y las ratas de fábrica del este de Baker hubieron sido esposados y hacinados en los furgones celulares de la oficina del sheriff Tom Dippold...».

En el informe de lectura Serge Chauvin no oculta su entusiasmo: «Estamos ante un auténtico escritor, apasionado por la palabra y movido por una verdadera rabia». Concluye en estos términos: «Lo más fascinante es comprobar hasta qué punto la minuciosidad de Egolf le permite conferir a estas guerras insensatas y disparatadas una dimensión homérica. En especial, la invención de metáforas siempre imprevisibles, y las hipérboles repetidas y deliberadamente injuriosas convierten el libro en una auténtica máquina de guerra lingüística contra la retórica rígida y falaz. El misterio de esta historia narrada por un anónimo es, en cierta medida, la extravagancia que despliega en la manera de expresarse, que trasciende el prosaísmo de los hechos contados con la elocuencia de una malicia jubilosa». Traducción: ¡hay que publicarlo!

El 19 de febrero de 1997, Serge Chauvin envía su informe de lectura. El manuscrito se difunde con más entusiasmo. Christine Jordis comunica a Antoine Gallimard y a Teresa Cremisi que está a favor de la publicación del texto. Un caso inédito; hasta la fecha solo se ha concedido a Kundera un tratamiento semejante, es decir, que un manuscrito redactado en un idioma extranjero se abra paso hasta la impresión. Consultan con la directora de cesiones, Anne-Solange Noble, sobre la conveniencia de transferir los derechos a otros países. Originaria de Montreal, Noble lee de inmediato la novela y se entusiasma tanto como sus compañeros. De esa manera nace la primera comunidad del *Amo*. Estamos en marzo de 1997.

En Inglaterra, Tristan Egolf está alicaído. Atormentado por el aburrimiento, ese antiguo compañero, por el desánimo y el sentimiento de fracaso, rumia y sufre en silencio. El ambiente opresivo del pequeño piso londinense se vuelve irrespirable, como cuenta la narradora en *Distante*. Al tener solo visado de turista, no puede trabajar; se está quedando sin dinero y la inactividad agrava aún más su desequilibrio mental y su miedo.

En febrero, un rayo de sol salva por el momento a Tristan de la depresión. Colin, su primo, los visita. Diez días de intensa felicidad, fiestas y embriaguez, que sin embargo, cuando acaban, acrecientan la afasia y recrudecen la violencia de su tormento. La historia de la muerte de su padre, de la sobredosis, de la jeringuilla clavada en un brazo, y de su cuerpo, que encontraron en un motel mugriento, salía una y otra vez en la conversación como un final previsible de su historia. A mediados de febrero, mientras Serge Chauvin comienza a leer su manuscrito, decide regresar a Estados Unidos por un tiempo para recuperarse. Escribe a Marie una carta en la que trata de explicarle las razones de su malestar. Se disculpa y lamenta no haber construido nada todavía. «Y aquí estoy con el libro; siento el inmenso deseo de recibir algo que recompense todos los esfuerzos que he hecho», le confiesa. Algo que apuntale su existencia. Dice haberlo sacrificado todo por la escritura, lo desespera que haya podido ser en vano y caer en breve en las redes de un trabajo que solo le sirva de sustento. «Llegado al punto en que estoy, es o todo o nada. En caso contrario, no vale la pena.»

¿De qué depende una vida? Si nos encaminamos hacia la derecha en lugar de hacia la izquierda, podemos escribir una versión completamente diferente de nosotros mismos. Otra posibilidad, una variación, sin que en ningún momento podamos acceder a las ecuaciones divergentes. Somos una suma de casualidades, de golpes inesperados, de adiciones invisibles. Cuando, una tarde de mediados de marzo, suena el teléfono en el piso de Londres, se despliega una construcción imperceptible cuyo punto de partida se sitúa el domingo 23 de octubre de hace tres años, en el Pont des Arts.

Una mañana en la que una joven decidió no quedarse en la cama ni holgazanear en el salón, sino llevar a una amiga a visitar París; en la que un joven se decidió a abandonar el cuaderno que lo tenía atado a su escritorio y salir a tocar la guitarra en uno de los puentes de París. ¿Y si él hubiera perdido el número de teléfono que ella había anotado en un trozo de papel? ¿Y si no la hubiera llamado al cabo de unos meses, cuando regresó? ¿Y si el manuscrito no se hubiera quedado encima de un escritorio, en una habitación? ¿Y si, después, el padre de la joven no hubiera tenido la extraña intuición de que las patas de mosca ocultaban toda una obra? Sin duda, nada de lo que siguió a esa conversación telefónica habría sucedido. Y tampoco nada de la angustia —que no era ni una quimera ni una obsesión aberrante— por que todo el trabajo se perdiera, por que el libro nunca pasara de ser un manuscrito desdeñado y olvidado. Todo eso podría haberse desvanecido de golpe, como por arte de magia. Suena el teléfono, preguntan por Tristan Egolf, cuenta Marie Modiano en *Distante;* ella responde que ha regresado a Estados Unidos y al otro lado de la línea insisten. Marie recuerda: «Dígale, por favor, que se ponga en contacto con nosotros lo antes posible. Hemos aceptado su novela y la hemos enviado ya al editor inglés con el que solemos trabajar, él también parece estar muy interesado, los demás países seguirán... Estamos ante una gran obra, ¿sabe?...».

*

Con amor y sordidez

Al cabo de dos semanas, Tristan se encuentra en París para firmar los contratos con Gallimard. El anticipo no es muy alto, pero da igual, la responsable de los derechos con la que se ha entrevistado le habla de posibilidades concretas en el extranjero.

Lo celebran con James y Shelly. Marie vuelve a Londres y Tristan decide quedarse en París.

Todo se acelera en una suerte de torbellino. Y Tristan Egolf no tarda en comprender que la felicidad lo atemoriza tanto como antes lo abrumaba la desesperación. A pesar de no ser fácil de aprehender, ese sentimiento determina su breve existencia. Jamás conocerá la tranquilidad. Apenas supera un obstáculo, mira a lo lejos, hacia el siguiente. Le atormenta ya la idea de no poder escribir más novelas, ¿será capaz de soportar de nuevo todo ese trabajo, ese dolor?

Con el dinero del anticipo y unos ahorros subalquila un estudio en Belleville, Rue des Pyrénées. Es una época rara, aún más negra. Tristan aguarda la publicación, quiere conocer a su traductor, pero no hay nada seguro. Se impacienta. La enfermedad lo acecha, está convencido de que padece cáncer de pulmón, se queja de que le duele mucho el pecho. Fuma dos paquetes de cigarrillos al día y bebe más de la cuenta. A veces tamborilea en plena noche en la puerta de James y Shelly, tras haber caminado desde la alta colina del undécimo distrito hasta Montparnasse. El piso donde vive se ha convertido en un tugurio: cadáveres de botellas esparcidos por el suelo, ceniceros con colillas plantadas formando una estrella volcados sobre la cama. Poco a poco, alcohol mediante, empieza a delirar. Cuando Marie Modiano lo llama por teléfono desde Londres, divaga. Está nervioso, cree que lo espían, pero ¿quién? Es un hombre atrapado en las pesadillas, prisionero de macabras ficciones. En *Distante,* Marie narra la paranoia y los ataques de demencia de Tristan.

En junio, Egolf se entera de que la novela ha encontrado una editorial inglesa, Picador, y de que luego seguirán otros países. Espera, aunque también teme, llegar a Estados Unidos. En el mes de agosto, la parte que le corresponde del contrato con Picador le permite pagar varios meses más de alquiler.

A principios de septiembre se inicia la traducción de la novela. El efecto sorpresa se ha disipado, los ingleses planean lanzarla en junio del año siguiente. Gallimard programa *Lord of the Barnyard* (el título aún está en inglés) para octubre de 1998. Christine Jordis propone la traducción a Rémy Lambrechts. «Ya habíamos colaborado con Rémy en *La verdadera,* de Saul Bellow», recuerda Serge Chauvin. «La idea de encargársela a él fue de Christine. Yo había releído la traducción y nos habíamos entendido de maravilla. Lambrechts era una persona exigente. Era muy divertido, extremadamente culto y particularmente desesperado. Tenía intuición para las frases, gusto por la invención verbal y el arcaísmo, y había traducido mucho del alemán antes de hacerlo del inglés, así que era perfecto para Egolf. Por si fuera poco, le había gustado el libro.»

A principios de 1998, Tristan emprende con Jon Riley, su editor en Picador, una gira por Inglaterra. El Picador Roadshow, organizado por la editorial, consiste en una serie de presentaciones, previas a la publicación, ante un público de libreros. Tristan construye una imagen de escritor fuera de lo común, gritando largos fragmentos de la novela, enarbolando las palabras compuestas que ha acuñado, vociferando los ataques y las destrucciones milenarias de los apóstoles, chillando con voz de arpía, fingiendo combates homéricos mientras se lanza a una recitación interminable, con los labios pegados al micrófono, reminiscencia de sus actuaciones como cantante en la época de Kitschchao, su grupo punk de Filadelfia.

La acogida del libro es buena. Llegan los artículos, en su mayoría elogiosos, pero no se produce la explosión esperada. Mientras tanto, Gallimard ha vendido los derechos de traducción de la novela en Alemania, Italia, Países Bajos y España, y Picador ha convencido a los estadounidenses para que sigan su ejemplo: Grove y el editor Morgan Entrekin, de Nueva York, la publicarán al año siguiente. Las entrevistas son una oportunidad para que Tristan pueda crearse una imagen de escritor y rescatar su pasado. Empieza a hablar de su padre, de lo extraño que era, de su obsesión por Wagner, de los palurdos de Indiana, de su abuela, de Filadelfia, del grupo punk, pero, a medida que van apareciendo los artículos, se arrepiente de haberse ido de la lengua, de haberse convertido en una anécdota por su propia culpa.

En verano regresa a Estados Unidos para asistir a la boda de James y Shelly. A pesar de ser testigo, casi se pierde la ceremonia. Llega en autostop, con la cabeza rapada a máquina (en forma desigual, de cualquier manera) y envuelto en un abrigo de lana en pleno mes de julio. Con vistas a la publicación estadounidense, en el mes de agosto decide instalarse en Nueva York. Multiplica los trabajos ocasionales y comparte un piso en el Lower East Side, cerca de Alphabet City. Entretanto, en la editorial Gallimard corrigen las galeradas del libro y, tras muchas pruebas y conversaciones entre la editora y Patrick Modiano, dan con el título, difícil de traducir. Será *Le Seigneur des porcheries*, «El señor de las pocilgas». En la sobrecubierta aparece una fotografía de Dorothea Lange, el retrato de un campesino durante la Gran Depresión realizado en los campos de algodón de Arizona. La biografía del autor no dice nada sobre la singular historia de la novela, y es mejor así: «Tristan Egolf nació en 1971. Vive entre París y Nueva York».

*

La Louisiane

Desde el primer momento sobreviene una confusión. O bien el libro es un éxito de ventas y llega a ser muy conocido y apreciado por una serie de razones que el autor no imaginaba presentes en la obra, pero que se le atribuyen, y se ve obligado a llevarlas como una carga; o bien es malinterpretado, víctima de la indiferencia general, normalmente la única vía rápida para la mayoría, y lo que el escritor vivía como un horizonte, una liberación, se transforma en una estación más de un largo viacrucis. Será necesario escribir más novelas para que un día el público lea al final esa obra. Cuando Tristan Egolf llega a París en los primeros días de octubre de 1998, se encuentra a caballo entre dos libros. *El amo del corral* le parece ya lejano e inalcanzable. En ese momento tiene en mente hablar sobre Filadelfia, sobre los años que pasó en esa ciudad, transfigurados en novela, pero las escasas frases que anota en sus cuadernos lo desaniman. El entusiasmo de las críticas francesas lo aterroriza, todos hablan de un genio, y esa palabra, aunque manida, lo angustia. Su editor lo aloja en el hotel La Louisiane. Los programas radiofónicos se suceden y lo invade el malestar. Las circunstancias que rodean la novela acaban superponiéndose a esta. El cantante con los pies morados de frío del Pont des Arts. El lado sensacionalista atrae a los franceses. La hija del escritor. Y las sospechas en la manera en que hablan de ello. Siempre esas risitas. Un programa, en concreto, acaba de mala manera. Tristan sale de él molesto y desanimado. La radio pública, France Inter, lo invita al programa del director de la cadena. Un apasionado de Estados Unidos y un arrogante. Bombardea a Tristan en directo, sin intérprete, y las preguntas se encadenan en un tono falsamente bromista, sin miramientos, cruel. Se mofan de su persona, se burlan de sus imprecisiones, se dirigen a él en tercera persona, como si fuera un patán. El presentador llega incluso al extremo de responder a las preguntas cuando a Egolf le fallan las palabras, arreglándoselas con la traducción.

—¡Que cuente la anécdota! ¿Es cierta?

—Por desgracia, sí...

—¿Por qué París?

—Prefería París a vender cerveza en Estados Unidos. Solo era otro capítulo...

—¿Le molesta que lo comparen ya con William Faulkner o con John Steinbeck?

—No estoy de acuerdo, sobre todo en el caso de Steinbeck, en absoluto... Con Faulkner quizá... Pero considero que la única influencia que tengo en la ficción es, quizá, Céline, y después Charlie Chaplin. Creo que solo lo dicen porque a los periodistas les gusta soltar grandes nombres, *drop names*... En el libro hay cierto sentido del humor francés.

—¿Qué piensan de usted los estadounidenses?

—Aún no sé lo que los estadounidenses piensan de mí, ¡ni lo que yo pienso de ellos!

—¿Quiere hacer la revolución?

—No, quiero guardar todo eso en mi cabeza...

En Frankfurt, durante la Feria Internacional del Libro, la editorial de Tristan organiza una cena en su honor en la que participan los editores extranjeros. El ambiente es sencillo, alegre, a todos les ha gustado el libro. Hablan de él haciendo gala de una gran inteligencia y humor. Tristan comprende que está en buenas manos. Christoph Buchwald, el editor alemán, le confiesa divertido que le irrita el nombre del protagonista. Tristan no lo entiende. Buchwald le cuenta entonces que Ernst Kaltenbrunner es uno de los dignatarios nazis que fueron juzgados en Núremberg y que mantener el nombre de John Kaltenbrunner en la novela supone ir de cabeza al desastre. Todos se ríen. Egolf explica que en esa zona de Pensilvania abundan los nombres teutónicos. Con el editor holandés, Oscar van Gelderen, habla de *La conjura de los necios*, dado que este está justo preparando una nueva traducción de la novela. Acuerdan que Tristan escribirá un prefacio inédito.

Y todos le hacen la misma pregunta:

«¿Está escribiendo algo? ¿Para cuándo el próximo libro?».

III
La chica y el violín

Estoy convencido de que el miedo es la causa de la mayoría de las malas historias.

STEPHEN KING, *Mientras escribo*

10

De vuelta en Nueva York, y antes de ir a Vermont para unirme a unas fiestas de fin de año que se me anunciaban bastante sombrías, pensaba avanzar en la documentación del «perfil». Un amigo de la facultad me había prestado una habitación que estaba en el sótano del edificio donde él vivía, en un barrio apartado de Brooklyn, cerca de Bedford-Stuyvesant. Antes de salir de viaje, había enviado a Henry unas diez páginas de la semblanza de Tristan Egolf, que se interrumpía en su regreso a Nueva York en enero de 1999. Me había puesto en contacto con varios amigos del escritor y había enviado unos cuantos correos electrónicos, uno de ellos a su hermana Gretchen. Dada su condición de guardiana del templo, cualquier intento que hiciera con ella se me antojaba definitivo, así que había optado por dar a mi mensaje un enfoque, digamos, cortés y sincero: una carta larga y redactada con esmero.

Dos semanas antes había hablado por teléfono con

Morgan Entrekin, el editor de *Lord of the Barnyard* en Grove Press. Se acordaba vagamente de Tristan Egolf. «Ha pasado mucho tiempo desde entonces», repetía como si se sintiera incómodo por algo. Además, nunca habían sido grandes amigos. Recordaba que había tenido noticia del libro a través de Christine Jordis y de Peter Strauss, además de otros editores extranjeros. Había leído la novela de un tirón y le había transmitido una energía especial, un aliento que, imaginaba, podría aprovechar. En su opinión, Egolf había sido una apuesta a largo plazo. A pesar de que el libro no había tenido un éxito similar a los de Jonathan Safran Foer o Zadie Smith, se le había prestado cierta atención y nadie dudaba de que al final lograría encontrar sus lectores. Después, me remitió a una de las editoras que se había encargado de la novela en aquella época, Amy Hundley: «Es la persona que colaboró más de cerca con Tristan Egolf».

*

Al día siguiente de mi llegada, crucé la ciudad para asistir a una reunión matinal con el agente Andrew Wylie. Tristan le había confiado sus derechos poco después de la publicación de *El amo del corral.* Anne-Solange Noble me había descrito el asunto como una mala experiencia. Cuando Wylie oyó hablar del libro del estadounidense que no tenía agente y que había sido traducido aquí y allá, activó su red para dar con aquella *rara avis*. No le había costado mucho convencerlo; por milagroso que hubiera sido el anticipo que había recibido el escritor de la editorial, a ojos del agente Wylie era miserable, dado que le privaba de sus derechos y de poder llevar una vida decente. El prestigio del catálogo de la agencia había hecho el resto —un club selecto del círculo literario—: autores como Philip Roth, Salman Rushdie, Orhan Pamuk, Susan Sontag y Mo Yan, por citar solo unos pocos. Egolf, que se consideraba un paria, vio en la propuesta de Andrew Wylie una suerte de salvoconducto. Y luego, la elección había marcado una ruptura. En el sector se describe a Andrew Wylie como alguien particularmente retorcido y se lo compara con el coronel Kurtz por sus métodos o, en palabras de Hanif Kureishi, se lo considera «uno de esos golfos pendencieros y ruidosos de los suburbios que van vendiendo relojes y calcetines que llevan metidos en maletas».

El edificio de la agencia se encuentra en los alrededores de Columbus Circle, a una calle de Central Park, en la planta veintidós de un bloque sin alma. La agencia, con el suelo cubierto por una moqueta azul, se asemeja a un bufete de abogados inglés a la antigua usanza. Andrew Wylie había aceptado verme gracias a la intermediación de uno de mis colegas del periódico (que, por cierto, era también uno de sus clientes). No esperé mucho. Wylie no se mostró receloso, pero tampoco proclive a cooperar. Me hizo sentar en su despacho, en un sofá esquinero, frente a él, que ocupaba un sillón de piel. Nos separaba una mesa baja repleta de novelas. En un rincón de la estancia había un gran retrato en blanco y negro de Wylie, enmarcado y colocado en el suelo. Más tarde descubriría que se trataba de una fotografía de Robert Mapplethorpe que este le había sacado en la época de la Factory y de su amistad con Andy Warhol.

Entre las estrategias que aconseja la revista, la primera consiste en «volverse invisible». También nos enseñan que es preferible callar una vez iniciada la conversación, guiarla únicamente haciendo preguntas más o menos precisas. De esta forma, el interlocutor siempre siente la necesidad de afianzarse o, atemorizado por el silencio del otro, habla sin interrupción. Según se dice, es uno de los viejos trucos heredados del decano A.J. Liebling. No llenar nunca el vacío, sino menear la cabeza sin decir nada hasta que el entrevistado cae en la trampa. En cualquier caso, con Andrew Wylie no se podía usar esa estratagema, ya que era un verdadero maestro del arte del disimulo y la negociación. Tras un largo silencio, lanzó el primer ataque, una pregunta vaga, sin apenas contenido, un simple comienzo del partido: «Bueno, cuénteme...», dijo, añadiendo que tenía toda su atención. Yo, que había creído poder salir del paso resumiendo a grandes rasgos el proyecto de la semblanza, veía que cada una de mis frases volvía a mí automáticamente transformada en una pregunta, a la manera de un profesor de tenis que golpea con delicadeza la pelota desde el fondo de la pista, de forma regular y precisa. Wylie se impuso poco a poco en la conversación, sin dejarme el menor resquicio, de manera que el intercambio empezó a desarrollarse al ritmo de su autoridad. De forma gradual, dejé de ser el entrevistador y acabé respondiendo a sus preguntas. La conversación duró unos veinte minutos. Cuando Wylie consideró que me había sometido lo suficiente, adoptó un aire decidido, me escrutó y me dijo sin más preámbulos:

—Bueno, de acuerdo, lo representaré con mucho gusto.

Silencio. Tuve que farfullar tres palabras antes de reponerme y esquivarlo:

—Debe de tratarse de un malentendido. En realidad, he venido para preguntarle por Tristan Egolf, un autor al que usted representó a finales de los años noventa.

—Sí, sí, lo he entendido, pero su historia me interesa. Creo que es un tema interesante para un libro. Podría encontrarle un buen editor.

No sabía si se trataba de una estratagema para no hablar de uno de sus clientes ni de sí mismo, o si la oportunidad comercial había acabado prevaleciendo sobre el resto; el caso era que todavía no había respondido a una sola de mis preguntas. Con cierta brusquedad, al verme contra las cuerdas, lo abordé de forma más directa:

—¿Podría hablarme de Tristan Egolf?

Entonces, sin que yo tuviera muy claro si estaba interpretando un papel improvisado o si la memoria le fallaba de verdad, se quedó pensativo un instante y a continuación me confesó:

—No recuerdo en absoluto a Tristan Egolf.

Acto seguido, añadió con cierta indiferencia que le pediría a su secretaria que lo buscara en los archivos y que, en caso de que yo no estuviera equivocado y de que Egolf hubiera sido cliente de su agencia en esos años, me enviaría todo lo que pudiera sobre él: estrategia de abogado para garantizar el secreto profesional o soberbia desdeñosa de un asesor literario cuya memoria no se sobrecarga con segundones, con aquellos cuya desaparición de los anaqueles de las librerías da buena prueba del juicio más firme de la posteridad.

*

A diferencia de él, Amy Hundley guardaba un recuerdo conmovedor del paso de Tristan Egolf por la tierra. Como quien vuelve a lucir ropa de otra época, hablar de Tristan suponía evocar su juventud, y durante todo el encuentro observé una pizca de melancolía en sus ojos, algo parecido a la añoranza del pasado.

«Tenía una imaginación salvaje y un lenguaje extremadamente vivo y sonoro, recuerdo que le leí el libro en voz alta a una amiga mía. Cosa que siempre es una buena señal.» Tras haber adquirido los derechos de *Lord of the Barnyard* del editor inglés (Picador), Morgan Entrekin y Judy Hottensen habían confiado el manuscrito a una joven aprendiz de editora de la casa. Al cabo de más de veinte años, Amy Hundley sigue en Grove, ahora como directora de derechos y editora en toda regla. Ocupa un escritorio alargado, cubierto por una pila de manuscritos en precario equilibrio. Y, alrededor de ella, una serie de carteles y proyectos de portadas decoran la estancia. Saca de su biblioteca de trabajo un ejemplar de *Lord of the Barnyard*. Me muestra la sobrecubierta con el singular diseño y la tipografía de estilo bourbon, y señala al tipo suspendido en el aire y armado con una escopeta: «Es una historia divertida. ¿Sabe quién es el de la portada? La figura que salta con el rifle es Nick McDonnell, mucho antes de que publicáramos su primera novela. En ese momento debía de tener unos catorce años. Su padre, Terry, era muy amigo de Morgan Entrekin. Buscábamos a alguien que nos sirviera de modelo y, como puede imaginar, no teníamos un centavo, así que organizamos una sesión improvisada en un jardín de Long Island, ¡con una miserable cama elástica! Obligamos a Nick a pasarse la tarde saltando en ella... Al final del día, le pedimos a Tristan que hiciera lo mismo para la prensa y la publicidad. Mire, es ese, el cartel que tiene detrás de usted». Se dirige hacia mí y lo coge a mis espaldas. «Puede quedárselo, tengo otro en casa. Tristan había tomado a Nick bajo su protección. Lo aconsejaba. Era algo así como su mentor. Permanecieron unidos hasta el final, creo. Nick se convirtió luego en reportero de guerra, no debería costarle mucho contactar con él.»

Añadió que quería mucho a Tristan y que su muerte había sido una pérdida terrible. Le había causado una gran tristeza. Ella lo había acogido en Nueva York, una ciudad que él apenas conocía. Al principio se veían a menudo para trabajar en la edición del libro. Aunque, a diferencia de otros textos, el trabajo más importante lo había hecho ya el editor inglés. «Pasaba el tiempo con nosotros y todo el equipo lo adoraba. Era encantador, estaba un poco chiflado, tenía una gran inspiración, era el mejor defensor de su libro. Podía presentarlo mejor que nadie. Era un narrador de historias a la antigua usanza, sus lecturas eran realmente impresionantes. Gritaba, gesticulaba, en fin, era todo un espectáculo, y nos partíamos de risa. Recuerdo una lectura fantástica en Oxford, Misisipi... Después, nos perdimos un poco de vista. Tristan empezaba a decaer. En esa época estaba escribiendo *La chica y el violín* y, obviamente, todo era más difícil. Notábamos que no encontraba la clave y que sufría por eso. El libro no era tan bueno, pero, en cierta medida, nos daba igual. En aquella época trabajábamos de otra manera. Pensábamos que estábamos construyendo algo potente con

Tristan y que nuestros esfuerzos se verían recompensados con el tiempo. Esa era la filosofía de Grove. Creer en un escritor y acompañarlo. Algunos libros podían no alcanzar el nivel de otros, pero eso formaba parte de la evolución del autor. Nos decíamos que algún día escribiría otra obra maestra. Lo mismo había sucedido con Jim Harrison. En la época de la última novela de Egolf, *Kornwolf,* ya no teníamos mucho contacto. Recibimos el manuscrito a través de su agente unas semanas antes de que muriera. Yo solo sabía que se había marchado de la ciudad.»

Después de la entrevista, mientras me acompañaba a los ascensores, añadió: «¿Conoce a Hannah, su primera mujer? Estuve en su boda. Hannah..., ¿cómo se llamaba?..., Hannah MacKenna, eso es».

*

Henry me esperaba en Bryan Park, en la esquina de la Public Library de Nueva York, donde iba a dar una conferencia a primera hora de la tarde sobre un artículo de John McPhee relativo al partido de tenis entre Arthur Ashe y Clark Graebner en Forest Hills, en 1968. Una semifinal del US Open que el periodista narra como el enfrentamiento entre dos perfiles antagónicos, el aficionado y el profesional, alternando sus historias privadas con el relato del partido punto por punto, desde lo más ínfimo a lo más homérico. Henry consideraba que John McPhee había capturado en apenas unas páginas la esencia del periodismo literario y algo de Estados Unidos. La primera línea parece el inicio de una novela: «Con los pies separados y las rodillas ligeramente dobladas, Arthur Ashe lanza al aire una pelota de tenis».

Me esperaba en uno de los bancos que hay frente a la biblioteca. Había llegado antes para poner unas cuantas notas a la primera versión de la semblanza de Tristan Egolf o, mejor dicho, para tacharla por todas partes. No entendía el comienzo. Le parecía absurdo que no hubiera contado toda la historia en el primer párrafo —es decir, el correo electrónico que le había enviado para presentarle la leyenda—, ya que, en su opinión, no se entendía nada, ni la historia ni el viaje del trío a Ámsterdam. «Queda muy *chic* citar a Joan Didion, una pirueta para empezar *in media res*, pero lo cierto es que resulta incomprensible, no engancha al lector desde el principio... ¿Sabes, Zachary?, en este oficio hay una única regla: que el lector no se duerma. Piensa que eres como el tipo que, sentado en el taburete de un bar, cuenta una historia a los que lo acompañan en la barra. Todos están acodados en ella bebiendo cerveza y escuchándote, y seguirán ahí mientras les hagas olvidar que tienen que volver a casa por la noche. Deben olvidarse de que tienen otras cosas que hacer. Tal y como lo presentas, el retrato de Egolf carece de interés, casi es preferible seguir a cualquier alma errante en su recorrido por Europa. Hay que captar de inmediato el meollo. Por cierto, ¿cuál es el meollo? No queda claro. El arquetipo que hay detrás de la historia, el libro arrinconado, esa enfermedad que es la gran novela estadounidense, la obra maestra desconocida...» Yo balbuceaba... Henry proseguía: «No, lo más intrigante es el arma del crimen, el libro. ¿Puede matar una novela? La investigación debe partir del suicidio. Del final. Hay que retroceder en lugar de subir al tren en marcha. He leído *El amo del corral* y lo que más me ha impresionado, al margen de la escritura —ya que estamos, un tanto recargada—, es el personaje fantasmal del padre. La trama principal esconde otra: la historia de un padre inabordable, por mediocre que sea. Para hablar del hijo hay que hablar del padre. Eso se aplica a tu artículo. Además, es justo lo que se desprende de otros. He leído el que me enviaste, la investigación de Didier Jacob, el periodista del *Nouvel Observateur*. Lo que me encanta es el retorno a las raíces, el lado atrida de la familia Evans, la rama paterna de Indiana, el abuelo heroico, el padre desquiciado. Egolf tuvo un padre ausente, suicida como él, un escritor frustrado, y es precisamente esa derrota lo que trata de reparar y la que al final lo desquicia. Dices que el hijo se cambió el apellido cuando murió su padre, que adoptó el de su padrastro, Egolf, pero luego no das mucha importancia a ese dato, y es una pena. Hay que profundizar. Escribir no ficción es como esculpir. Partimos de un bloque, de un material real, y modelamos una nueva forma. No utilizamos todo el material, eliminamos parte de él, lo que no nos sirve, pero, en cualquier caso, esculpimos en él la figura. Lo importante es lo que quieres contar, lo que hay detrás de la historia. Una vez que lo tienes, solo debes seguir la línea melódica».

A pesar de todas sus reservas, Henry me dijo que estaba dispuesto a acompañarme sin anticipos ni garantías para ver el resultado final. Tuvo la generosidad de ofrecerse a pagarme los gastos que ocasionara la investigación.

Egolf, una semblanza (II)

Alphabet City
Enero de 1999

Tristan no padecía el síndrome de la página en blanco, sino que más bien sentía la tentación de padecerlo. Cuando la vida, la verdadera, la que construimos con los medios que tenemos a nuestro alcance, con su dosis de aleatoriedad, empezaba a descarrilar, entonces podía huir sin mirar atrás. Abandonarlo todo para reinventarse.

En aquella época, Manhattan aún no era el gueto para superricos que conocemos hoy en día. Giuliani había limpiado bien la ciudad, de manera que ya no estabas expuesto a que te rebanaran el cuello andando por la calle, aunque siguiera habiendo barrios enteros abandonados a su suerte: la parte alta de Harlem, casi todo Brooklyn, y Alphabet City, en las inmediaciones del puente de Williamsburg, en el Lower East Side. La única zona franca de la isla y la última frontera de la libertad, de la locura mortífera y genial, lo mejor que el ocaso de los años noventa había generado, el último resquicio de una ciudad de artistas, escritores, toda una fauna que no tardó en ser expulsada, relegada a sus márgenes, expuesta, pero borrada del mapa definitivamente. Alphabet City es esa parte del East Village que abarca las únicas avenidas que no tienen números, sino letras, A, B, C o D, y que se encuentra frente al puente de Brooklyn y Dumbo, limitada al norte por la Calle 14 y al sur por Houston Street. Un barrio que desde la avenida A hasta la D seguía la cadencia de la progresión criminal, *«Alcohol, Blow, Crack, Death»*, síntesis de la canción de advertencia que se entonaba a los recién llegados: *«Avenue A, you're Alright / Avenue B, you're Brave / Avenue C, you're Crazy / Avenue D, you're Dead»*.* Los yonquis y los sin techo peleaban en las calles, los vestíbulos de los edificios y las escaleras; a primera hora de la mañana los transeúntes sorteaban los charcos de orina y los muertos. El *rock* se convertía en música electrónica bajo los efectos del éxtasis, conforme al ritmo diferente de grupos como Jonathan Fire*Eater, los Beastie Boys o LCD Soundsystem. Egolf había vivido la aparición del *grunge* en Filadelfia, una contracultura que el sistema absorbió de inmediato y cuyo apogeo y final estuvieron marcados por la muerte de Kurt Cobain. En los clubes de Nueva York se

* «En la avenida A se está bien, en la avenida B eres valiente, en la avenida C estás loco, en la avenida D estás muerto.» *(N. de la T.)*

escuchaba algo muy distinto: el *beat* y la música electrónica habían contaminado el sonido *indie-rock*, procedente de Bristol, de Massive Attack o de Blur.

En el ámbito de la literatura encontramos a DeLillo y Roth, dos genios excepcionales que estaban por encima de la plebe, y David Foster Wallace, a todas luces el escritor de esa época, totalmente en sintonía con su pulso: *La broma infinita*, publicada hacía tres años, había revolucionado las reglas de la ficción poniendo de manifiesto la decadencia del momento, la plena conciencia de la catástrofe, el doble movimiento de la ultraparanoia de los seres y los Estados, unos alimentados a base de marihuana y los otros de vigilancia. En cierta medida, Tristan llegaba ya demasiado tarde e iba contracorriente o, mejor dicho, si uno profundiza en su imagen, comprende que seguía un canal paralelo, una especie de conducto contaminado por las aguas residuales de la industria. Foster Wallace construía un puente carente de oportunismo o cinismo con la cultura electro, hip hop y postmodernista, tenía propensión a dar vueltas en círculo y al ensayo, a la escritura de reportaje. Y todos adoraban eso. Leían sus artículos y los de David Samuels y, al igual que David Peace había sabido captar el sonido inglés, sus textos tenían la misma cadencia que la música que se oía en las casas okupas o en los clubes de la ciudad. Algo entrecortado, muestreado, vociferado.

En un relato de *Entrevistas breves con hombres repulsi-*

vos, Foster Wallace escribe de un personaje: «Los lazos diplomáticos entre R. Ecko y la realidad se habían roto, por decirlo de alguna manera», el título del texto era: «Tri-Stan».

Egolf se instala en un piso compartido a la entrada de Alphabet City, en la Tercera Avenida con la Calle 12. Para pagar el alquiler, trabaja de lavaplatos en un bar e incluso hace de cuidador de perros para los ricachones de Park Avenue. Se rumorea que pasea por Chelsea disfrazado de mono con un cartel colgado al cuello: «Ted Heston, mono cantarín —pelo y miedo—, ideal para cumpleaños, hospitales, fiestas y ataques de todo tipo».

Convencido de que nunca encontrará nada mejor que la vida en sí misma para alimentar sus novelas, ambienta su siguiente libro en el pasado. Si en *El amo del corral* ajustó cuentas con la América rural de su infancia, *La chica y el violín* pone punto final al periodo en que vivió en Filadelfia y despedaza las utopías engañosas y los ideales rotos. El narrador de *La chica y el violín* es un doble de Egolf, hasta el punto de que tiene el mismo apellido de su padre, Evans.

Grove publica *Lord of the Barnyard* el 1 de marzo de 1999. El libro comienza a dar que hablar en los círculos literarios. Es lo que su editor denomina un éxito de crítica, una forma de decir que no va a ganar nada con él, pero que al menos evitará lo que cualquier escritor teme más que la miseria: la indiferencia. Tristan está en la cresta de la ola. Así es como se siente cuando lo invitan a una fiesta privada de *The New Yorker* a la que asisten también Saul Bellow y Salman Rushdie. Aquí y allá, los libreros y los críticos se ocupan de su novela, algunos hablan con una grandilocuencia innecesaria de «una entrada triunfal en la literatura», de la «superación de los territorios habituales de la novela» y un sinfín de tópicos más que, como es sabido, no comprometen siquiera a quienes los escriben.

Cuando le anuncian que ha salido un artículo en *The New York Times,* se precipita hacia Odessa, el *diner* que se encuentra al final de la calle, donde los periódicos se sirven en la barra con el café de filtro. Abre la sección literaria y lee una crítica demoledora: «Interesante y excitante... pero sin llegar a ser bueno». Es la conclusión definitiva y mordaz de una reseña insidiosa, en la que el idilio francés aparece enseguida marcado por la sospecha. La crítica lo destroza. Tristan se siente herido. Derribado en pleno vuelo.

*

En lo alto para siempre
Warren «Bing» Evans

Entre los libros escritos sobre la familia de Tristan, *Heroes Cry Too,* «Los héroes también lloran», constituye un valioso documento. El subtítulo reza: «Un *ranger* de la Segunda Guerra Mundial cuenta su historia de amor y guerra». En él se narra la vida del abuelo de Tristan Egolf dividida en capítulos y contada por el propio Warren «Bing» Evans. El relato reúne los elementos básicos de la literatura de veteranos de guerra: un niño que vive en la miseria, un amor absoluto, una guerra mundial, un valor colosal, un fragmento de historia militar contado a través de los ojos de un individuo, en este caso, la creación de los batallones de *rangers* y la campaña de Italia.

Todo empieza en las llanuras de Dakota, en Aberdeen, un pueblo encajonado entre Rapid City, Watertown y Mineápolis, el 29 de diciembre de 1918.

Hay que imaginar otro siglo, aún más lejos de nuestra época que la Guerra de Secesión. Llanuras salvajes, pueblos desiertos o poblados por pioneros e inmigrantes que el azar de las oportunidades ha llevado hasta allí.

El padre de Warren muere cuando el niño tiene tres años, debido a la infección de una herida que se ha hecho en un labio mientras se afeitaba. Warren cuenta: «Recuerdo con toda claridad a mi padre agonizando en la cama. Recuerdo la forma de su cuerpo delineada a través de las sábanas. Era una imagen inquietante para un niño». Su madre debe criar sola a sus dos hijos: Warren, el mayor, y Lorraine, la menor, que tiene dos años. Deja a los pequeños con la familia paterna, en Minnesota. Luego, tras encontrar ocupación como enfermera en una residencia de ancianos, hace regresar a Warren y a Lorraine a Aberdeen. Más tarde trabaja como ayudante de cocina en los grandes banquetes que organiza la YMCA a fin de tratar de mejorar un poco su día a día. Tras sufrir una crisis nerviosa, deben internarla en un psiquiátrico, de manera que los niños se encuentran abandonados a su suerte de la noche a la mañana. A los nueve años, Warren se ve obligado a dejar la escuela y a hacerse cargo de su hermana. «Fue, probablemente, el año más duro de mi infancia.» Los niños se instalan en la buhardilla de un edificio situado al este de la ciudad. Warren se gana la vida repartiendo periódicos. Habla del frío, de las tormentas, de la ventisca que azota esa área del país con una furia atroz. Su situación evoca una película de Frank Capra cuando confiesa que robaba en la tienda de comestibles del propietario del edificio, el señor Kessler, y descubrimos que este hacía la vista gorda, algo que confesará al cabo de muchos años, cuando Warren intente reembolsarle lo sustraído. Un repartidor de periódicos debe tener una ruta, conservar la zona que cubre para evitar que otros niños le roben el puesto. La suya es la más rentable, con una última parada en el *diner,* la cafetería del pueblo, abarrotado a la hora del desayuno, donde vende los últimos ejemplares del día. En el curso de una pelea para defender su territorio, Warren envía a uno de sus adversarios al hospital. En la audiencia ante el tribunal que lo juzga, explica que es necesario pelear para sobrevivir. El juez lo condena a seis meses de libertad condicional, pero a la vez le ofrece un trabajo en la Candy Service Company. La empresa lo contrata para vender azúcar en todos los pueblos de los alrededores. A los quince años conduce ya un camión imponente y recorre el condado a cambio de un salario de dieciocho dólares al mes. La situación mejora, la vida resulta menos ardua, su madre se recupera, sale del manicomio y vuelve a trabajar. De esa manera, Warren puede volver a clase; al año siguiente entra en el instituto de Aberdeen. Le encanta cantar y jugar al fútbol americano. Es bloqueador en el equipo del centro educativo, que triunfa dos años seguidos en el campeonato estatal. Como no deja de cantar, acaban apodándolo «Bing», en alusión a Bing Crosby. Su vida se divide entre el deporte, el fútbol, el baloncesto, y el canto, donde destaca; de hecho, gana varios concursos musicales. Sus logros deportivos le abren las puertas de las universidades estatales, pero también las de la Escuela de Música de Nueva York. Warren tiene veintiún años, estamos en 1939 y se dispone a dejar Dakota por Manhattan. Pero ese verano, mientras juega un partido de béisbol, recibe un pelotazo en la cara. Se rompe la nariz y su voz se ve afectada, se vuelve nasal. La escuela acepta mantenerle la plaza si se aviene a operarse. Como no dispone de los medios suficientes, acepta la propuesta de la Universidad de Dakota del Sur y se incorpora a su equipo de fútbol. ¿De qué depende una vida? Warren lo resume así: «Si no me hubiera roto la nariz, quizá habría sido cantante, ¡pero entonces no habría conocido a mi mujer!».

Estudia durante el día y por las noches limpia un banco por un sueldo de diez dólares al mes. Para completar sus ingresos se alista en la Guardia Nacional, cuyo cuartel general se encuentra en Brookings. Durante un baile organizado en esta sede, conoce a Frances. «Las horas que pasamos bailando y hablando me parecieron apenas unos minutos. Ella se movía como si estuviera soñando. Jamás había vivido una noche tan feliz.» Warren pasa dos años y un semestre en la universidad antes de alistarse en el ejército en febrero de 1941. Su regimiento es destinado a Luisiana. En diciembre, después del ataque a Pearl Harbor, Estados Unidos entra en la guerra y Warren es movilizado. Aprovechando unos días de permiso en Nueva Orleans, vuelve a ver a Frances y le pide la mano. Algo más tarde, asciende a cabo y después a sargento primero de su regimiento. Antes de cruzar el Atlántico, vuelven a trasladar a su unidad a una nueva base situada en Fort Dix, en Nueva Jersey, el puerto donde van a embarcar. Warren y Frances se apresuran a organizar la boda. Camino de la ceremonia, Frances sufre un accidente de coche. Se rompe un brazo y pasa dos días ingresada en el hospital. Cuando regresa a casa de sus padres, le diagnostican una lesión en el hígado. Dado que aún no son oficialmente marido y mujer, Warren no puede acudir a su lado. Su barco está a punto de zarpar. Frances le promete por teléfono que esperará a que regrese. Lo hará al cabo de tres años y medio.

«Tras pasar varios días en el mar, llegamos por fin a Irlanda, no recuerdo exactamente dónde. Había niebla y todo era verde. Nos instalamos y enseguida empezamos el adiestramiento Al cabo de varias semanas, me llamó la atención un anuncio. Buscaban voluntarios para formar un nuevo tipo de regimiento basado en el modelo de los comandos británicos. Nos advirtieron de que iba a ser difícil, de que pocos pasarían la prueba. Yo no era de los que se resisten a ese tipo de desafíos. Así pues, me presenté voluntario.» Warren entra en el primer regimiento de *rangers* del Ejército estadounidense y participa en un duro entrenamiento en Escocia, en el castillo de Achnacarry. Una tropa de élite entrenada para combatir con balas reales. Una guarnición de quinientos soldados adiestrada por el Ejército británico con el fin de preparar el desembarco. En octubre de 1942 se envía a África del Norte al primer regimiento de infantería de los *rangers.* Warren Evans asciende a sargento de uno de los batallones. La noticia se publica incluso en el diario local de Aberdeen, en Dakota. Pero nada lo prepara de verdad para lo que sucederá a continuación.

Los barcos ponen rumbo a Gibraltar, donde se unen a un gran convoy procedente de Estados Unidos. El 8 de noviembre de 1942, las tropas desembarcan en la playa de Arzew, al este de Orán. Al día siguiente, toman la ciudad. A continuación, Warren y sus hombres se trasladan a Túnez para ayudar a las tropas inglesas que están combatiendo contra el Africa Korps de Rommel. Su misión: atacar el arsenal de la estación de Sened. Participan en la batalla de Djebel El Ank antes de incorporarse a la campaña de Italia. Treinta y ocho días de combates en Sicilia. En el libro sigue un minucioso relato del desembarco en la bahía de Salerno y la ocupación de la colina 950, al norte de Nápoles. En la playa de Anzio, su unidad queda atrapada en un bombardeo. La escena abre sus memorias. Atacado por todas partes, resignado a morir, ve una niña en la playa, perdida entre las bombas. Se acerca a ella para protegerla, la pone a buen recaudo en un agujero que cava apresuradamente (un *foxhole,* una trinchera) y la consuela hasta que finaliza la ofensiva. Recuerda con detalle la mirada de la niña, a la que describe como «un angelito». En 1993, con ocasión de una conmemoración en el cementerio norteamericano de Nettuno, Warren, sentado en la terraza de un bar de cara al mar, ve una estatua, el único monumento del pueblo, el Ángel de Anzio. Pregunta por ella al camarero, quien le refiere que, durante la guerra, un soldado estadounidense salvó a una niña en la playa, la defendió y la confió a una enfermera para que la llevara al otro lado de las líneas enemigas y pudieran atenderla. Pero durante el trayecto, el Jeep que las transportaba fue alcanzado por un obús y las dos pasajeras murieron en el acto.

La epopeya del soldado Evans se interrumpe en seco en Cisterna. Unos días que este describe como una pesadilla con los ojos abiertos, de la que solo percibe fragmentos, una niebla prolongada y densa. La explosión, la herida, la captura, no recuerda nada. Amnesia total. Despierta al cabo de unas semanas en un campo de prisioneros al norte de Polonia. No se acuerda siquiera del desfile nazi en Roma, a los pies del Coliseo, en el que los alemanes exhibieron a los soldados estadounidenses que habían capturado. No recuerda los vagones de mercancías en los que llegaron apiñados a Polonia. Solo un *flash:* un pueblo encaramado en las montañas, visto desde el interior de un tren. Otro en un campo de tránsito, un intento de fuga y el recuerdo preciso de los ladridos de los perros y la persecución de los guardias durante la noche. De los quince meses de cautiverio que sufrió en el Oflag 64, Warren Evans evoca la fraternidad de los soldados, la comunidad reconstruida con la asistencia de la Cruz Roja y del Secours Chrétien, las partidas de tenis y béisbol, la orquesta de jazz y el pequeño teatro donde las entradas costaban un cigarrillo y donde él actuaba y cantaba. En enero de 1945, el campo es evacuado bajo la presión de la ofensiva rusa. Tras cuarenta y cinco días de marcha en los que recorren más de quinientos kilómetros, Warren y otros dos soldados se fugan del convoy. Se esconden durante cierto tiempo en una ciudad desierta que ha quedado entre las líneas enemigas. Luego encuentran refugio en un granero lleno de patatas congeladas. El hijo de los propietarios los ayuda. Cuando los alemanes requisan la granja, descubren a los fugitivos. A modo de represalia, ejecutan a la familia polaca y a ellos los condenan a muerte. Warren es enviado a un campo de prisioneros rusos en Luckenwalde, donde las condiciones de vida son espantosas. En marzo logra evadirse con otro *ranger* y los dos se dirigen hacia el frente aliado en el oeste. Estamos en abril de 1945.

La guerra toca a su fin, los frentes ruso y estadounidense avanzan rápidamente hacia Berlín. Warren y sus compañeros, demacrados, supervivientes de las marchas de la muerte, aprovechan el éxodo de la población civil para mezclarse con la multitud y reunirse con las tropas estadounidenses en el Elba. Al llegar a su destino, divisan el campamento aliado frente a un puente destruido. Cruzan a nado el río y los soldados yanquis apostados en la otra orilla los rescatan. Agotado y famélico, Warren recupera fuerzas en el campamento base. Envía noticias a Frances. Al final de la guerra, lo mandan a la retaguardia y, pasando de un tren a otro, llega a París. Aprovecha la ocasión para visitar la ciudad liberada. Dado que está sin blanca, se aloja en una estación de tren que el Ejército de Salvación ha transformado en campamento de emergencia.

Se encuentra por casualidad con un viejo compañero de Brookings al que le pide prestados cincuenta dólares. Vuelve a coger un tren en dirección a El Havre, donde espera en un campamento a que zarpe su barco. Diecisiete días de travesía para arribar al puerto de Norfolk, en Virginia. Warren habla por teléfono con Frances. Ella le recuerda la promesa que le hizo hace tres años. Se casan tras el regreso de Warren, el 5 de agosto. Tienen tres hijos, Mark, Bruce y Brad.

*

Una historia radicalmente condensada de la era postindustrial
Brad Evans

Discernir lo verdadero de lo falso en la vida de Brad Evans es una tarea tan compleja e ilusoria que conviene contar la historia con su dosis de inverosimilitudes y sinsentidos. Apenas empecé a indagar sobre ella tuve que afrontar una serie de archivos incompletos y de relatos truncados. Tal cual: una vida breve y brillante con múltiples versiones contradictorias. «Parece ser que lo máximo que pueden esperar entretanto es emborronar los textos de una manera tan irreparable que las generaciones venideras no logren descifrar lo que es ficción y lo que son realidades en los garabatos que les han legado», sintetiza Egolf en *El amo del corral.*

En Huntingburg, Indiana, encontré las puertas cerradas. Warren y Frances habían muerto hacía más de diez años y Colin mucho antes. El resto de los miembros del clan Evans, por su parte, se avergonzaba y se entristecía al recordar a Brad y a Tristan. Se negaban a hablar de ellos con un desconocido, y ya no digamos con un periodista. Solo las fotografías y los recortes de prensa que se guardaban en la biblioteca del instituto y en la Universidad de Louisville completaban un poco las piezas sueltas del rompecabezas. Si la novela caballeresca del abuelo es lineal, el libro sobre el padre se lee como un reportaje de estilo gonzo, incompleto y desordenado, de dudosa moralidad. Por lo que sabía o alcanzaba a comprender, Tristan no había dejado de medirse con la abrumadora sombra del padre desaparecido, atrapado entre el deseo de superarlo y el temor a imitarlo. Lo admiraba tanto como lo odiaba. Necesitaba romper la maldición a fin de poder vivir y, para aquellos que lo conocieron, el trágico fin de su existencia fue sin duda la prueba de que no lo había conseguido. En pocas palabras, era la historia de un genio malévolo, de vacilaciones entre la razón y la bondad o la locura y el mal; el fantasma de su padre se asemejaba a un diablo de dibujos animados posado en el hombro de un héroe. Warren se mostraba de acuerdo con esto: «Tristan recordaba perfectamente a su padre y lo idolatraba. Era una historia fascinante, aunque a veces resultara penosa para un abuelo».

El rastro de Bradley Evans aparece en la Universidad de Louisville, en Kentucky, a finales de los años sesenta. Se ha matriculado en Teología y juega como *quarterback*, atacante, en el equipo de fútbol americano. Los demás estudiantes lo describen como un coloso carismático, un bocazas capaz de enardecer a las masas, tan inteligente como agresivo, tan dispuesto a discutir de política en la barra de un bar como a romper una botella de cerveza en la cabeza de alguien.

En febrero de 1969 realiza su primera hazaña: lidera una rebelión de jugadores que se niegan a cambiar de entrenador. Tras manifestarse ante la sede de la universidad, consiguen salirse con la suya. Brad aparece en el diario local entre los manifestantes como si estuviera arengando a la comitiva; todas las caras están vueltas hacia él. En otra fotografía hallada en los archivos se lo ve delante del Ayuntamiento, a la derecha de uno de sus compañeros, que en ese momento se dirige a los presentes. En él se reconocen los rasgos de Tristan, pero Brad es más mofletudo, más rollizo, tiene algo de escandinavo, es imponente, fornido y luce la cazadora de cuero del equipo, en la que se distingue el número siete. Su mirada es dura y firme.

En otra fotografía de un partido se puede apreciar el número completo que aparece en la cazadora: *quarterback* Evans, número 75.

Tras graduarse, Brad encuentra trabajo en los barcos de carga del río Ohio. Colabora también con el periódico local de Louisville. Sueña con emular a su modelo, Hemingway, ser escritor y periodista.

Próximo a los círculos republicanos, orientados cada vez más a la derecha en una sociedad cada vez más izquierdista, hábil chupatintas, dotado para dar con frases ingeniosas, Brad Evans llama la atención de un político local. Se convierte en su asistente parlamentario, encargado de escribir sus discursos. Una vez en Washington, gravita en una galaxia conservadora en plena recomposición. En ese momento se cruza en su camino su futuro maestro, un mentor que será determinante en su vida. Pero, para entender esto hay que remontarse muchos años atrás, a 1955, cuando L. Brent Bozell y William F. Buckley Jr., dos estudiantes de Yale resueltos a oponerse a la hegemonía ideológica de los demócratas en los círculos intelectuales, fundan la *National Review,* una revista conservadora. Toman como ejemplo la influencia que antes de la guerra tuvieron *The Nation* y *The New Republic* en la batalla ideológica que conllevó la aplicación de las tesis del New Deal. Tras apoyar a Eisenhower, *The National Review* toma partido por el candidato de Arizona, Barry Goldwater, que se enfrenta a Lyndon B. Johnson. Los dos estudiantes de Yale, ahora cuñados —L. Brent Bozell se casó con la hermana de William F. Buckley Jr.—, escriben para su candidato el manifiesto del movimiento, que titulan *La conciencia de un conservador.* El semanal que dirigen, *The National Review,* marca la pauta del partido mezclando columnas de opinión con reportajes de calidad. En él se pueden leer tanto las teorías del conservadurismo como escritos vanguardistas firmados por Tom Wolfe, Joan Didion o John Dos Passos. El macartismo y el anticomunismo habían dado un vuelco a la situación; se había puesto en marcha una revolución cultural que alcanzó su apogeo en los años ochenta con la elección de Reagan.

A mediados de los años sesenta, los dos hombres, a pesar de estar íntimamente unidos, emprenden caminos separados. Se presentan a las elecciones: Bozell pretende convertirse en diputado por Maryland y Buckley en alcalde de Nueva York. Durante la campaña, las exageraciones de Bozell dan al traste con su elección. Reivindica su compromiso con una cruzada religiosa y fustiga la herejía gnóstica. En esa misma época, peregrina a la España franquista para, según sus propias palabras, «respirar el aire puro del catolicismo». Regresa más decidido que nunca a combatir. Funda *Triumph*, una revista más abiertamente radical. Los dos cuñados van distanciándose poco a poco. Bozell multiplica las idas y venidas a España, donde prepara una contrarrevolución mesiánica. *Triumph,* punta de lanza en la lucha contra el aborto, acoge en sus columnas las peores exageraciones. Bozell idealiza la España franquista y carlista, y denuncia a unos Estados Unidos inmorales y satánicos. Condena de forma simultánea los continuos atentados al valor sagrado de la vida que se producen tanto en las clínicas abortivas como en Vietnam, cuya población sufre bajo los bombardeos.

En esa época, Bradley Evans, el padre de Tristan, joven asistente parlamentario, conoce a L. Brent Bozell. Admira a ese teórico conservador, líder de una lucha religiosa que comparte. Su relación recuerda a la película de Paul Thomas Anderson, *The Master,* que narra la historia de un hombre que, bajo la influencia de un gurú, se convierte de la noche a la mañana en discípulo, gorila y proselitista. Siguiendo el modelo de las milicias de la Falange, Bozell funda *The Sons of Thunder,* los Hijos del Trueno, un grupo que actuará en territorio estadounidense en defensa de la vida y la religión católica. El 6 de junio de 1970, en Washington, los Hijos del Trueno atacan un hospital universitario armados con cruces y palos. Exigen a los médicos que dejen de practicar abortos de forma definitiva o, en caso de no obtener lo que reclaman, que nombren a una enfermera católica que organice los entierros de los «Santos Inocentes». Vestidos con pantalones de color caqui y boinas rojas, los milicianos de Bozell lucen rosarios y cruces y enarbolan banderas con la efigie papal. Tras la concentración, Bozell y otros siete milicianos avanzan hacia el hospital. Brad Evans, el más fuerte de ellos, consigue bloquear la puerta de entrada con un crucifijo gigante y, junto a sus compañeros de armas, irrumpe en el edificio al grito de «¡Viva Cristo Rey!». La policía interviene y golpea a los manifestantes. Bozell, Evans y otros cinco cómplices son acusados y aparecen en la portada del *Washington Post.* En *The New York Times* se puede leer: «Los Hijos del Trueno afirman tener un núcleo duro de ciento cincuenta miembros y están dirigidos por el imponente redactor jefe de *Triumph,* un joven de veinticuatro años llamado Bradley Evans que luce melena y lleva un rosario y una medalla de santa Teresa colgados del cuello».

Tras el juicio, en el que los miembros son condenados a seis meses de prisión condicional, el movimiento se radicaliza aún más. Brad Evans es despedido del puesto de asistente parlamentario del representante de Kentucky. En esa misma época, Bozell funda la Sociedad de la Mancomunidad Cristiana, con sede en San Lorenzo de El Escorial, España. Allí organizan seminarios y conferencias, además de campamentos educativos. La deriva sectaria de la organización es evidente. Totalmente fanatizado, Brad Evans se proclama soldado de Dios. Abandona Estados Unidos para instalarse en España, en la sede de la organización, acompañado de su mujer, Paula, que está embarazada de varios meses. He aquí la explicación de uno de los enigmas de la vida de Tristan Egolf: su nacimiento el 19 de diciembre de 1971 en San Lorenzo de El Escorial, un pueblo cercano a Madrid y al Valle de los Caídos, lugar de peregrinación de la Falange. Brad, apodado «el Oso» desde que se dejó crecer una barba rubia de vikingo, decide por su cuenta el nombre del niño e impone a los padrinos. Se llamará Tristan, por *Tristán e Isolda,* de Wagner, y su maestro Bozell y su esposa Patricia, la hermana de Buckley, velarán por él. Esta última cuenta: «Brad era un tipo maravilloso, una especie de Errol Flynn. ¿Se imagina lo que podía ser su hijo?».

Tristan pasa los primeros años de su vida en la comunidad de San Lorenzo, entre los seguidores de una secta reunida en torno a un hombre que, según se dice, es alcohólico y padece violentos trastornos bipolares. En esa ciudad turística del centro de España, la secta constituye una extraña congregación de estadounidenses secesionistas, un grupo de personas de origen diferente, más o menos seguidoras de la fe católica, opuestas a la corriente de los años setenta o, más bien, plenamente inmersas en su radicalidad y su locura destructiva. «El centro ya no resiste más», escribirá Joan Didion resumiendo en una frase la demencia sanguinaria del clan Manson, los estragos causados por la droga y la pobreza, el asesinato de los Kennedy y las mentiras de Nixon.

Lo que sucedió después no está claro, solo hay hipótesis. Brad no abandona la comunidad, más bien al contrario, dado que es la mano derecha de Bozell, su líder, y lo acompaña a todas partes en sus misiones. Su mujer, Paula, ¿se queda en España o regresa a Estados Unidos? No es fácil saber qué ocurrió. Una cosa es segura: Bozell y Evans no rompieron.

En ese punto, las versiones difieren. Por lo visto, la

familia se instala en el condado de Washington, cerca de Springfield, en Kentucky, a unas decenas de kilómetros de Louisville. Gretchen, la segunda hija de la pareja, nace en 1973 en Lancaster. Los niños crecen allí, con su padre a menudo ausente. La madre se divorcia en esa época. Conoce a Gary Egolf, un ingeniero más joven que ella. Se casa con él y Gary cría a Tristan y Gretchen como si fueran sus hijos.

Da la impresión de que en ese momento se rompen los lazos que unen a los niños con su progenitor. Tristan crece con la sombra de un padre siempre ausente, del que solo sabe lo que le cuentan. Pasa los veranos en Indiana, en casa de Warren y Frances, donde se mantiene viva la leyenda del Oso.

Brad Evans viaja mucho durante esos años, siempre al lado de Bozell. Se habla de una misión de rescate en Guatemala en febrero de 1976, tras un terremoto devastador. Evans confiesa justo antes de morir su participación en una operación paramilitar en Centroamérica, sin dejar claro si se divierte confundiendo las pistas hasta el final o si lo que hace es revelar su implicación en operaciones secretas de la CIA. No extraña nada que un hombre dado a las demostraciones de fuerza, periodista y miembro activo de movimientos de extrema derecha tomara luego parte en misiones paramilitares como la operación Cóndor. Tampoco sorprende la vasta empresa de desestabilización de los regímenes sudamericanos, prueba tangible de que las conspiraciones existen y no son solo fruto de la imaginación de los locos, y de que Brad Evans, personaje escurridizo, mezcla actividades militantes y literarias en aras de una conspiración más amplia.

El padre de Tristan vuelve a aparecer en Louisville a principios de los años ochenta. Se ha casado de nuevo y ha sido padre por tercera vez, de un niño al que bautiza con el nombre del hijo del compositor de *La valquiria*, ¡Siegfried! Está al frente de una publicación efímera, el *City Paper*. No he encontrado ninguna fotografía de esa época ni ejemplares de la revista, pero, curiosamente, el nombre de Brad Evans resurge en la correspondencia del escritor Norman Mailer, en concreto, en una serie de cartas recibidas y guardadas en las cajas de los archivos de los fondos de este autor, que se encuentran en Texas. En sus entrevistas, Tristan contaba que su padre había escrito novelas. Hablaba del miedo que le daba parecerse a él cuando se iban acumulando las negativas, de ser un escritor fallido como su progenitor. Mencionaba la admiración que Norman Mailer sentía por los escritos de Brad Evans, pero eso también resultaba tan nebuloso como el resto, una leyenda urbana imposible de verificar, hasta que di con la correspondencia. Había encargado a una estudiante de la Universidad de Texas que rebuscara en las cajas y me mandara las misivas escaneadas.

«Estimado Norman Mailer:

»He leído la carta que ha enviado a Kathy, "mi mujer en este momento", en la que me concede el gran honor de aludir a mi relato sobre el boxeo, del que afirma que es "tremendamente bueno". Sus palabras constituyen un verdadero estímulo para un escritor tan necesitado como yo. Le adjunto los dos próximos números del *City Paper,* donde podrá leer el artículo que redacté mientras navegaba en barco por el río, y el cuento que escribí en Guatemala, además de una crítica sobre la obra de Henry Miller. Soy consciente de que su trabajo vale mucho más que el mío, pero si tiene ocasión de hablarle de mí a su agente, Scott Meredith, quizá este vea algo prometedor en mi esfuerzo...

»El combate Durán-Leonard era realmente trascendental. Me habría encantado asistir. Como ya le he dicho, todos le apoyamos. Espero que tengamos ocasión de conocernos pronto, estoy seguro de que será así.

»Atentamente,

Brad Evans.»

Sigue una serie de cartas tan insistentes como confusas. En la que manda a Mailer al cabo de un mes, Evans le anuncia que piensa ir a Nueva York con ocasión del combate de Greg Page, la esperanza de Louisville, contra Dave (Big Foot) Johnson (combate que este gana en el sexto asalto). Le propone tomar una copa a pesar de que sospecha que Mailer preferirá cubrir la pelea entre Muhammad Ali y Larry Holmes en Las Vegas. Hay otras cartas, como una de Kathy Roberts, la esposa de Brad, donde esta recomienda otros artículos y relatos de su marido. Salta a la vista que ella toma en cierto momento el relevo a petición de Brad. La lectura de todas esas misivas sin respuesta causa cierta vergüenza ajena... En una aún más insistente, Kathy se lamenta por Brad Evans y envía a Mailer el último número de *City Paper* con un relato del que es autora. Gracias a esta carta nos enteramos también de que la mujer de Brad es secretaria del senador demócrata de Kentucky, Walter Huddleston. En un último intercambio, Brad Evans trata de retomar el contacto recomendando a Mailer, ya no sus obras, sino un relato de John Wisner, uno de los redactores de *Triumph:* una historia heroica ambientada en el desembarco de Normandía y en la toma de Le Motey.

Su esposa, Kathy, lo abandona. Brad Evans desaparece durante varios años. Se habla de una entrevista exclusiva a Yasser Arafat, líder de Al-Fatah, que en aquella época estaba exiliado en Trípoli o en el Líbano (no está claro) y de la que no hay el menor rastro ni en *Triumph* ni en la *National Review.*

En 1982 su hijo Tristan tiene ya once años y se matricula en su primer curso de escritura. Acude a muchos más y compone sus primeras canciones. Su madre le inculca el amor por el trabajo y la lectura. No le habla nunca de su padre, pero es consciente de que su hijo va a seguir su camino. Tristan funda su primer diario en el *college* Franklin & Marshall, lo fotocopia en la sala de profesores y lo vende por cincuenta centavos. Escribe todas las crónicas y dibuja las viñetas. El tono es satírico, demasiado incluso, cuando se mofa de la administración del centro escolar, motivo por el que lo castigan con dos días de expulsión. El director lo convoca, pero para hablarle de escritura. Tristan se burla de él y lo castigan un día más. En clase se muere de aburrimiento. En casa lee mucho. Descubre a Brautigan. Sus poemas lo serenan como si se tratara de un salmo, de una oración.

En 1987, a los quince años, se entera de la muerte de su padre, del que no había vuelto a tener noticias. Brad Evans ha sido hallado en un motel sórdido, sin vida, con una jeringuilla clavada en un brazo, una sobredosis. La policía ha encontrado en el maletero de su coche una cartera con unos dibujos de Gretchen y Tristan, de cuando eran niños. Una cartera de la que no se separaba jamás.

*

El alma no es una forja
Tristan Evans

¿Acaso no sucede siempre lo mismo, algo casi tan antiguo como el mundo, de lo que nadie logra sanar del todo, esto es, que los padres son unos fantasmas para los hijos?

James recordaba que, en la época de Filadelfia, el año en que se conocieron, Tristan reescribía a máquina de forma concienzuda y furiosa los textos de su padre, como si pretendiera conjurar el destino. Había recibido un conjunto de cartas, relatos, borradores de novelas; un paquete tan voluminoso como pesado, una carga maldita que la última mujer de Brad Evans le había transmitido como única herencia. Antes del manuscrito de *El amo,* cargaba con ese montón de hojas muertas de un piso a otro. Era una forma de adoptar su estilo, de hacerlo suyo, pero ¿para qué? Con el fin de prolongarlo, de destruirlo, de amalgamarlo para poder olvidarlo en una suerte de pastiche. Al parecer su padre había escrito un relato, la historia de una revuelta de basureros, los primeros pasos de una novela.

Estamos a finales de los años ochenta, los Estados Unidos de Reagan pasan el testigo a los de Bush padre. El país es un tugurio a cielo abierto, un lugar de excesos donde triunfan el dinero y la opulencia, encaramados sobre montañas y montañas de vagabundos. Tras matricularse en septiembre de 1989 en Filosofía en la Universidad Temple de Filadelfia, Tristan abandona sus estudios. Durante el único semestre que pasa en el reino del tedio, trabaja como proyeccionista en el cine de arte y ensayo de la facultad. Por las tardes, encerrado en la cabina de proyección, vigila las bobinas con un libro en las manos. Recuerda al personaje de Tyler Durden en *El club de la lucha*. El cine se encuentra en el noreste de la ciudad, en un barrio con tan mala fama que hay que ir corriendo de la estación de metro al cine. Antes de que lo acaben echando, consigue encargarse de la programación de la sala y organiza una retrospectiva de Herzog. Proyecta *El enigma de Kaspar Hauser, Woyzeck, Aguirre* y, sobre todo, *Fitzcarraldo,* película de la que le fascinan la locura, la ambición y la desmesura de las imágenes. Así es como él entiende la literatura: hombres devorados por una obsesión.

Son años de aprendizaje en los que, incapaz de quedarse quieto, se embarca en las empresas más delirantes... Pasa un verano en España corriendo detrás de los toros por las calles de Valencia. Otro en Indiana, acampando con Colin a orillas del Patoka. Crea un grupo punk, Kitschchao, en el que canta. Los otros cuatro son: Dan Gill en el bajo; Jason Clouser, llamado Dogboy, en la guitarra; Dave Stauffer en la batería, y Art di Furia, el ingeniero de sonido. Tristan se instala en una casa okupa situada en la esquina entre dos calles, en el casco antiguo de Filadelfia, cerca de Chinatown, en el cruce entre la 13.ª y Walnut, no muy lejos del Ayuntamiento. Es el Frizz, un antro donde las cucarachas, indestructibles, combaten contra ratas drogadas; donde los cables eléctricos arrancados cuelgan del techo; donde se calientan con una suerte de tostadoras improvisadas que hacen saltar los fusibles del edificio. Las mañanas heladas hundido en el sofá, envuelto en edredones ásperos y apolillados, durmiendo la borrachera del día anterior, rodeado de cadáveres de botellas y de colillas de petas mojadas. Una vida mugrienta, bohemia y *trash*. Tristan pasa los días perfeccionando su educación en la bañera vacía del Frizz, leyendo a Rabelais, Faulkner, Céline o Villon, convencido de que la incomodidad del asiento le procura un elevado grado de concentración. En su segunda novela, *La chica y el violín,* describe así las cosas: «Es cierto, hay épocas y "épocas"... En esta parece racional vivir en una casa ocupada. Si alguna vez salgo vivo de Filbasura, tendré sin duda derecho a pavonearme, a escribir en mayúsculas en el pecho: HE SOBREVIVIDO AL LUGAR EXTREMO».

En un vídeo en línea, *Gone Sane,* difundido en 2007, se recopilan en un clip varios conciertos de Kitschchao en los que se ve a Tristan con la cabeza rapada, una cresta iroquesa, vestido con una túnica larga, semejante a una sotana de seminarista, y calzado con grandes botas de obrero de la construcción. Gira sobre sí mismo como un derviche, se retuerce en todas direcciones; parece aquejado de terribles dolores, atravesado por espasmos mecánicos. Da golpes y salta bailando el pogo hasta que, al final, se desploma en el escenario mientras Dogboy lanza la guitarra al foso. Una danza de san Vito en la que el sonido *postpunk* se desborda sobre el *grunge* naciente y la voz de Tristan, un largo lamento injertado en los *riffs* de las guitarras, es brillante y quebrada. Algo a caballo entre el *trash metal*, el *heavy metal* y el *punk* decadente, un sonido más enérgico. Egolf se había convertido en una especie de atracción, una masa alborozada, un payaso triste siempre al límite; a veces salía al escenario en pañales, con los muslos cubiertos de chocolate y un aspecto siempre un poco escatológico, sucio, travesti.

En otro vídeo, filmado en blanco y negro y similar a un cortometraje de Dziga Vértov, se ve a Egolf bailando de forma frenética, poseído y con los brazos colgando, casi como en una película de terror *kitsch*. Tristan y su grupo amalgaman el gótico sepulcral, el gusto marcado por lo grotesco y una vena tribal protogótica y anarco-*punk*, que acompañan con el grito de guerra: «SALVE, DISCORDIA».

En el ambiente estudiantil de la Filadelfia de los años 1991-1992, Kitschchao se convierte rápidamente en el grupo *underground* más destacado de la ciudad y Tristan es una celebridad local. Imprevisibles y psicodélicos, sus conciertos se llenan siempre hasta la bandera. En 1992, Compulsive Records firma con ellos un contrato para un EP; en la funda del CD aparecen unos grabados de Brueghel sobre las epidemias de baile de san Vito o coreomanía en Alemania y unos croquis realizados en los manicomios de Charcot.

Egolf se marcha de Filadelfia licenciado en extremos. Pero está dando vueltas en círculo, todo son borracheras, noches en blanco interminables, resacas considerables. Comprende que está en un callejón sin salida, que no logra aislarse, trabajar, tomarse en serio su proyecto. Al cabo de dos años, después de rehacer una de las historias de su padre, un cuento sobre una revuelta de basureros, se lanza a escribir una gran novela. En el exiguo esbozo aparecen en segundo plano la acumulación de residuos y una ciudad presa de una revuelta anárquica, la historia de un hijo pródigo o antihéroe marginal y de sus miserables evangelios. Un narrador, al igual que él, obsesionado por el recuerdo de un padre desaparecido, el cual vigila desde la tumba los pasos de su hijo, tan perdido como aislado. En uno de los primeros borradores del manuscrito, Tristan escribe, sin que sepamos muy bien si intenta describir a su personaje o a Brad Evans, su padre: «El peor católico de todo Estados Unidos y el mejor compañero de cogorza de este lado de la cruz». Toma notas, llena cuadernos, rebusca en sus lecturas, pero es consciente de que solo el trabajo duro, regular y metódico pondrá de verdad en marcha la máquina y que perdiendo el tiempo en las noches de Filadelfia solo conseguirá que la novela se aleje cada vez más. Así pues, no le queda más remedio que huir, reinventarse, asumir la escritura como una suerte de sacerdocio. Piensa en Hemingway y en la generación perdida, en Allen Ginsberg y en la Beat Generation, en el París de postal, tierra de acogida de aspirantes a escritores, los *tumbleweeds* de la librería Shakespeare and Company,* con sus catres improvisados y las dos frases que figuran en la fachada de la librería: «Sé hospitalario con los extranjeros. Podrían ser ángeles disfrazados».

Tristan hace las maletas. Compra un billete de solo ida. Lo arregla todo con James por teléfono, anota en una agenda la dirección de su amigo en la Rue Carpeaux y, sin despedirse de su novia, Juliet, ni del grupo, se dirige hacia el aeropuerto.

Adiós, Filadelfia. Ha llegado nuestra hora, París.

* Cuando George Whitman refundó la legendaria librería Shakespeare and Company en 1951 (en principio con otro nombre), se gastó todo el dinero en la tienda, por lo que dormía en una cama entre los libros, pero aun así la cedía a cualquier escritor que pasara por allí y necesitara un lugar donde estar. Pronto empezó a alojar a varios escritores a la vez y llamó a estos vagabundos *tumbleweeds,* esto es, plantas rodadoras. *(N. de la T.)*

11

Esperé en el gélido y enorme vestíbulo de la estación de Filadelfia, un colosal palacio *art déco* abarrotado de vagabundos, la salida del expreso que llevaba a la Penn Station de Nueva York. Llevaba en la bolsa la edición estadounidense de *La chica y el violín.* Subrayaba muchos pasajes, que en ese momento me parecían ya confesiones, reminiscencias escondidas, en ocasiones guiños a viejos compañeros. Pero había algo bastante penoso en la lectura, porque, por mucha buena fe que me moviera, saltaba a la vista que la novela era, más que una chapuza, un fiasco increíble; era incluso doloroso comprobar en cada página el fracaso absolutamente patético de un escritor sin inspiración y bloqueado. Cada línea delataba el verdadero sufrimiento que había supuesto escribirla, una sucesión de pequeñas derrotas, de impotencia repetida. Un escritor formidable, autor de un libro poco común, de un libro extraordinario, de una gran novela estadounidense —¿cuántos han logrado esa hazaña?

Diez, como mucho—, volvía a la mesa, se jugaba demasiado pronto todas sus ganancias y comprendía en la última ronda que su mano era muy débil, que ni siquiera tenía una pareja, solo unas cuantas cartas menores carentes de valor. Una mano perdedora, en pocas palabras. Pero ya era demasiado tarde, habían pagado por verlo.

Con demasiada frecuencia olvidamos que leer una novela implica adentrarse en la intimidad de una persona. En ocasiones es indecente, indigno, la herida se muestra tal cual, sin filtros, lo que leemos nos repugna, es una operación a corazón abierto. De cuando en cuando, sin embargo, aunque es menos frecuente, el dolor está presente pero no es abyecto, se puede comunicar a los demás, se trata de un bien común que sabemos compartido; lo más íntimo se vuelve entonces universal, el pesar se transforma en una alegría colectiva, la de una verdad en la que todos se reflejan. La mayoría de las veces no es ni lo uno ni lo otro y en ese caso se trata de libros vacíos, libros de creadores sin alma, libros limpios pero inodoros.

A medida que avanzaba en la semblanza de Tristan Egolf, me resultaba más difícil leerlo sin yuxtaponer el periodo en que fue escrito, la percepción que tenía de su sufrimiento, de su enfermedad, la aterradora felicidad y la calma quimérica. En ese sentido, *La chica y el violín* pone de manifiesto el aspecto más triste de la literatura: la íntima convicción que tiene el escritor de su fracaso. Cada página es un borrador, la repetición de un libro ya escrito, una novela que no logra avanzar. Me representaba a Egolf combatiendo contra este libro que tanto detestaba. Cuando le fallaba la imaginación, introducía párrafos enteros que no eran sino plagios de películas que había visto (varias escenas de los *Blues Brothers:* el concierto del principio de la novela recuerda al bar *country* con la reja para proteger el escenario; Cab Calloway y el *«Hidey, hidey, hidey, ho»*, o el restaurante elegante y premiado con alguna estrella que destrozan Jake y Elwood, trasladado a Tinsel, Charles y Louise). En ciertas ocasiones, cuando el bloqueo es total, se alude a sí mismo y construye una pasarela ficticia con *El amo del corral:* «Cojo un periódico para disimular. Mientras lo hojeo, me llama la atención un titular: un pueblo de Kentucky rememora una huelga de recogida de basura. INFIERNO PUEBLERINO, reza».

Relato de una degradación épica, la novela se inicia en un vagón de metro. Estamos en Filadelfia, apodada «Filbasura». Charles Evans, un violinista mestizo, huérfano de un soldado negro del ejército estadounidense y una prostituta camboyana, se encamina hacia un concierto, un trabajo alimenticio que le ha procurado su agente. Solo tiene la dirección del lugar donde han quedado y lo único que sabe es lo que le van a pagar. A medida que se va aproximando a su destino, el vagón se llena de metaleros y barriobajeros. Hasta que no llegan al final de la línea no comprende que todos los pasajeros se dirigen hacia el mismo destino y que, por lo visto, va a actuar en compañía de otros músicos suicidas y ante la multitud exaltada y congregada en ese tugurio como telonero de un grupo «*heavy metal* limburgués satánico de pura cepa, vikingos de mente estrecha [...] con megaguitarras de doble mástil, gente endiablada», Volstagg. Es la última humillación que padece ese violinista miserable, cansado de contratos de mierda; tras esa hecatombe, Charlie Evans arroja el violín a la calle. Estamos en el punto de partida de una decadencia que lo lleva a la pensión Desmon, el «Notre-Dame de la olla», una mansión en ruinas situada en el antiguo y decrépito centro de la ciudad, un barrio sórdido donde únicamente viven ya los marginados y la chusma del sueño americano.

Entre los huéspedes se encuentra el llamado Greetz, o Tinsel, un anarquista obsesionado con la idea de poner en marcha un movimiento revolucionario: «El sistema de trueque provisional de Tinsel: la nueva esperanza del socialista urbano». Se trata de la sustitución de la moneda capitalista por un sistema de intercambio cuya eficacia piensa demostrar mediante una muestra integrada por «una banda de pintores rastafaris», «numerosos zombis heroinómanos, un veterinario, la abuela de alguien, y un par de músicos fracasados, supuestos roqueros y grupis en declive», una manada de vegetarianos militantes de la «cabaña cerealista ecológica de Baltimore Avenue» y «el adorno más bello de la sociedad: Dojo, el sumo nazi, un traficante de marfil neofascista, mercader de armas y jefe de la lotería, que suministra productos farmacéuticos y crea adicción a ellos».

El resultado está a la altura del cóctel: la aniquilación de la utopía, el saqueo sistemático y la destrucción de la cooperativa ecológica en cuestión de horas, y Tinsel como único responsable del desastre.

*

La víspera, una tormenta había azotado Filadelfia. Era domingo. Las calles estaban desiertas, tristes y sucias. Un viejo amigo que trabajaba para una emisora de radio local me había acompañado durante todo el día. Se las había arreglado para localizar a los veteranos de la época de Kitschchao y me había organizado una serie de encuentros con miembros del grupo, amigos de la universidad y los habituales del Frizz. Recorrimos la ciudad siguiendo el hilo de las entrevistas. A fuerza de oírlos repetir las mismas escenas y los mismos recuerdos, descritos siempre de forma algo diferente, tenía la impresión de que se me iba revelando toda la complejidad, la imagen tridimensional de aquellos años, la densidad del movimiento vital, compuesto de tiempos muertos y pasos abruptos. No llegaría a saber la verdad (quién da con ella y quién la busca; no se trata de resolver problemas matemáticos), pero quizá sí un contacto con aquellos que lo habían conocido y, a partir de ahí, el acceso a su mundo. La acumulación de detalles, lugares y versiones me brindaba una imagen en movimiento, una vida en super-8.

Uno de sus amigos quedó en verse con nosotros en el Museo de Arte, delante de un cuadro titulado *The Getaway*. Nos contó que había visto el lienzo hacía dos años, cuando había ido con su hijo, y que le había impresionado, porque, en su opinión, era un retrato extremadamente fiel de Tristan. Ese día tenía lugar un maratón y la zona estaba en parte vallada, las estaciones de metro cerradas y el paso a la escalinata del museo (la famosa de Rocky Balboa) prohibido. Un pasillo de seguridad rodeaba la colina, de forma que solo se podía acceder al museo a través de un túnel abandonado que llevaba a la entrada norte, uno de esos pasajes que acaban ocupando las personas sin hogar, iluminados con braseros. Como el entorno no animaba a las visitas, estábamos prácticamente solos en el museo. El que había sido amigo de Tristan nos explicó delante del cuadro que había vuelto varias veces para verlo desde que lo había descubierto, atraído en cierto modo por la imagen. Se trataba de un zorro huyendo en la nieve con una presa en la boca, bajo un cielo nocturno surcado de nubes verdosas. El sorprendente contraste entre la luz blanca del día y el cielo profundamente oscuro captado al anochecer (a lo lejos se divisa un sol poniente detrás de tres graneros con los tejados salpicados de nieve, semejantes al glaseado de un *muffin)* y el zorro bonachón a punto de salirse del cuadro, sin prisa, escapando con absoluta parsimonia. Nos contó que el pintor del cuadro, Horace Pippin, había nacido a finales del siglo XIX en Pensilvania, negro y pobre, que había sufrido la segregación y que de niño dibujaba escenas de la Biblia en la iglesia. En 1917 se alistó en el ejército y lo enviaron sin adiestramiento a las trincheras de las Ardenas, a combatir en el barro. Allí, en cada momento de calma que tenía, se dedicaba a dibujar a sus compañeros en sus cuadernos de bocetos. Un disparo le impidió utilizar la mano derecha, de manera que regresó a su país lisiado y condenado a no volver a pintar. Al cabo de diez años, al final de la década de los veinte, logró superar la discapacidad a fuerza de abnegación y de practicar ingeniosamente una técnica para carbonizar madera. Para ello, mantenía en equilibrio un atizador caliente con la mano derecha, apoyándolo en la rodilla; luego agarraba la madera con la mano izquierda y la iba pasando por la punta candente del hierro. Poco a poco, el brazo inerte fue recuperando la fuerza y Pippin volvió a pintar. Se podría decir que sus cuadros son ingenuos, escenas de la vida cotidiana similares a los decorados de teatro o a los murales de los patios de colegio. *The Getaway* supuso sin embargo una ruptura por lo nítido del movimiento. Según se decía, en un primer momento el pintor había esbozado el paisaje en pleno día, pero luego, mientras visitaba ese mismo museo, había visto una escena similar en otro cuadro, *Fox Hunt,* donde un zorro huye perseguido por unos cuervos; entonces, había decidido cambiar el día por la noche y ofrecer a su zorro la fuga más bella posible, con la presa en la boca y sin todos esos cuervos a lo lejos.

*

En el tren que iba de Filadelfia a Nueva York, mientras llovía sin cesar sobre un conjunto dispar de suburbios y terrenos industriales abandonados, de largas franjas de bosques amarilleados por el otoño, encontré en mi buzón de correo electrónico la respuesta de Hannah MacKenna. Le había enviado un mensaje el 28 de octubre, antes de irme a Filadelfia. El mensaje era sencillo, directo, espontáneo. Había dado con ella gracias a uno de sus álbumes, producido por un sello alemán. También por una página de Facebook, toda una serie de pequeñas pistas esparcidas por la red. Una botella arrojada al mar, enviada a través de un sitio web: «Lamento tener que contactar así con usted, sin previo aviso. Trabajo como periodista en *The New Yorker* y estoy realizando una semblanza de Tristan Egolf. Sé que ustedes tenían una relación muy cercana. Si le parece bien, me gustaría verla para que me cuente algo más sobre él. Las próximas semanas estaré en Nueva York. Un cordial saludo, Zachary Crane».

Fecha: 2 de noviembre de 2023, 18:30
De: Hannah MacKenna
A: Zachary Crane

Hola, Zachary.
Recibí su mensaje, si la memoria no me falla, el día del aniversario de mi boda con Tristan... el 28 de octubre... Resulta que estoy en Nueva York en este momento, algo poco frecuente, en el Soho. ¿Quién soy yo para rechazar una irrupción tan ruidosa del Destino? Podemos vernos por la mañana o a primera hora de la tarde, hasta las 17:00. A ser posible, en los dos próximos días. Después me voy a Cambridge, donde vivo. Avíseme.
Hannah

*

Quedamos para comer en Spring Street, en el restaurante Balthazar. Ella se ha sentado frente a mí, el local está abarrotado y es ruidoso, nuestros vecinos se abren paso a empujones y debemos inclinarnos para oírnos. Hannah tiene unos cuarenta años, el pelo corto y rubio, una cara bonita y una sonrisa dulce. Lleva colgados del cuello unos auriculares de walkman con los que parece una adolescente de los años ochenta. Ella cuenta, y la historia, la suya (insiste, la suya), lleva tiempo. Le digo que estamos ahí para eso. Grabo. Hannah habla, los hechos cobran sentido. «Cómo nos conocimos...» Se detiene, exhala un suspiro, hace una pausa bastante larga. Cierra los ojos, como si el barrio, ese momento de su vida, fueran a reaparecer. Dice: «Yo vivía en la Calle 12, entre la Primera y la Segunda Avenida, en un piso que me encantaba. Uno de mis amigos vivía también en el mismo edificio. Un día estaba haciendo la colada, era el mes de marzo de 1999, y, como no convenía dejar la ropa en la lavadora una vez que acabara el ciclo, no quería alejarme mucho. Así que fui a ver a ese amigo, que vivía al lado, y Tristan estaba allí. Se conocían de Filadelfia. Él estaba sentado. Cuando se levantó, me pareció gigantesco y, a decir verdad, en ese momento me dio francamente miedo. Tenía una energía de una densidad extrema. Recuerdo que debía irse corriendo a dar una entrevista a la revista *Playboy*. Grove acababa de publicar *El amo del corral,* poco después de Gallimard. Yo también escribía, sobre todo poesía, así que eso me impresionó. En cierto momento, salí para meter la ropa en la secadora. Cuando regresé al piso de mi amigo, este me dijo: "¿Sabes? Creo que le has gustado a Tristan". Me sonrojé, pero, como decía, Tristan me daba un poco de miedo. Me recordaba al personaje de la película

Indefenso, interpretado por David Thewlis, que tenía un lado extraño y obsesivo. Pasó cierto tiempo. En aquella época, un amigo regentaba un bar en Alphabet City, donde se reunía todo el mundo, y Tristan era en cierta manera la atracción del momento. Era divertido, estaba de moda, acababa de publicar su libro y todos lo rodeaban, en particular las mujeres. Entablamos una especie de amistad. Él quería leer lo que yo escribía. Yo era introvertida y me daba vergüenza, pero él me tranquilizó y, después de leer mis poemas, me dijo que le gustaban mucho y eso me dio confianza. Así estuvimos unas semanas. Tristan me gustaba, aunque no sucedía nada. Todo se aceleró en verano. Una noche, en concreto. Me anunció que se iba a Alaska a trabajar en una conservera y que no pensaba volver hasta el otoño. Decía que no le gustaba mucho Nueva York, que la ciudad no era lo suyo. Nos separamos así. Yo me sentía triste, aunque la verdad es que no sabía por qué. Al día siguiente le conté a una amiga lo que había pasado la noche anterior y acabé diciéndole que no me parecía justo que se fuera, que eso no debía suceder... Entonces ella me abrió los ojos: "¡Estás enamorada de Tristan!". Antes de que se marchara nos vimos todas las noches, íbamos de un piso a otro, fumábamos porros, él solía emborracharse, pero se le veía bien, dábamos paseos, la ciudad estaba bonita, era verano, creo que nos queríamos sin confesárnoslo. ¿Hay algo más dulce que eso, quererse sin decir nada?

Tristan y yo pasamos juntos once días, mejor dicho, once noches. Y salimos todas. Recuerdo una noche en concreto en que regresábamos de una fiesta en casa de un amigo de Chelsea y llegamos al edificio donde yo vivía en la Calle 12. Debían de ser las dos de la madrugada, una luna amarilla y enorme iluminaba las calles. Lo recuerdo como si fuera ayer. Me basta cerrar los ojos (los cierra). Subimos al piso, en el que había un altillo, y aún puedo ver a Tristan de pie, rozando el techo, mirándome. De repente, me dijo: "¿Puedo preguntarte algo?". Guardó silencio antes de proseguir: "¿Quieres casarte conmigo?". He de reconocer que en ese momento temblé, se me puso la piel de gallina, me dije que no debía ser así, que no era correcto. Pero a la vez comprendí que tenía que pensar seriamente en lo que me había pedido y que, si le respondía que no, todo terminaría entre nosotros. Temía perderlo y hacerle daño. Por su mirada comprendí que, si lo rechazaba, se quedaría literalmente destrozado. Cuando murió, la gente dijo que era una persona obsesiva o bipolar, yo no detecté nada de eso. Sí que percibía la fragilidad conmovedora de Tristan. Decía que cada individuo era como un pozo de petróleo y regulaba sus reservas hasta que no quedaba una sola gota. Cuando lo conocí, daba la impresión de haberlo quemado todo con el primer libro y de que intentaba llenar en vano un pozo en llamas. Así que al final acepté. Creo que lo hice principalmente porque tenía miedo de perderlo, de que se marchara, pero, sobre todo, de que hiciera alguna tontería. Decidimos pasar el verano juntos. Nos fuimos a Massachusetts, a la casa que mis padres tenían en la costa. Y fue un verano poco menos que perfecto. Aprendimos a conocernos. Mis padres también lo fueron descubriendo poco a poco. Recuerdo que mi padre conversaba mucho con Tristan. Quería saber más cosas sobre él antes de la boda. Una noche, por ejemplo, le preguntó: "Pero ¿quién es ese John Kaltenbrunner?". Tristan le contestó algo así como: "Bueno, la verdad es que soy yo". Mi padre me advirtió entonces de que, a pesar de que le había parecido encantador, era un irresponsable. Le dije que me daba igual, que tenía que vivir ese momento, que lo que nos unía contaba más que los posibles riesgos. La ceremonia fue un poco extravagante; Tristan se acercó al altar a lomos de un caballo y yo lo hice en barca. Colin, su primo, lo acompañaba. Nos casamos un 28 de octubre, el día en que usted me escribió. Fue en 1999. Seis meses después de conocernos, tres meses después de su propuesta. Todo fue tan rápido...».

Hannah da un mordisco a su sándwich y se sirve un vaso de agua. La intensidad de su mirada intimida, obliga a agachar la cabeza. Prosigue: «Creo que después nos fuimos de Nueva York. Tristan había recibido una invitación de la librería Square Books de Oxford, Misisipi. Una residencia de seis meses en la ciudad de Faulkner. Tuvimos que volver a Nueva York en septiembre de 2000. Trabajó en el siguiente libro, *La chica y el violín,* al menos hasta junio de 2001. Yo tenía la sensación de que Tristan ya había volcado todo lo que había experimentado en su primera novela y de que en ese momento necesitaba vivir para poder volver a escribir. Se había quedado seco, sin temas, y se empeñaba en trabajar sin haber llenado antes el depósito. Experimentaba la frustración de sentirse vacío, agotado, carente de ideas; pensaba que estaba acabado. Y a mí me dolía mucho verlo así. Él se encolerizaba. No nos poníamos de acuerdo, yo le decía que tenía que dejar de trabajar y vivir, que era necesario para escribir. Él, en cambio, estaba convencido de lo contrario, de que la perseverancia acabaría recompensándolo. Hablaba de recuperar la disciplina y el esfuerzo con los que había afrontado *El amo del corral.* No puede imaginarse hasta qué punto se culpaba... Se sentía miserable. La novela no avanzaba y no le gustaba nada la ciudad. Yo, por el contrario, me sentía feliz de haber regresado, no tanto porque necesitara estar en Nueva York, sino porque allí se encontraba mi tribu, el equilibrio que me había construido. Había llegado a ella con diecinueve años y formaba ya parte de mi vida. Tristan y yo nos queríamos, pero a la vez sufríamos mucho. Y entonces llegó aquella noche...». Se interrumpe. Retrocede. Precisa sobre lo que va a decir a continuación: «Como me explicó que está escribiendo una semblanza de Tristan, he pensado que es necesario contar de una vez por todas lo que voy a decirle. Quizá no debería hacerlo, pero, al mismo tiempo, solo podemos dar una versión de la historia. Tristan tenía un corazón de oro, pero era también terriblemente oscuro...».

IV
El demonio de Blue Ball

¿Dónde refugiarse cuando ningún camino lleva fuera del mundo?

Jón Kalman Stefánsson, *Ásta*

12

«Una noche, todo dio un vuelco. Estaba en el infierno, en la espantosa sala de urgencias de Bellevue, con la nariz destrozada y mi matrimonio hecho trizas. Quería a Tristan y entendía que todo había terminado. Estábamos a años luz de nuestra historia. Era lo peor que cabía imaginar... Todo era patético y muy triste. Me preguntaba si nuestra relación iba a terminar de verdad de esa forma, si todavía tenía nariz. Estaba en manos de un internista inexperto que se negaba a correr el riesgo de tratarme. Quería esperar a la mañana siguiente, a que llegaran los auténticos doctores. Por suerte, había dos policías a mi lado, fueron maravillosas. Me protegieron. Yo estaba en plena agonía física y mental. Pasé así toda la noche. Al día siguiente, me llevaron a una comisaría del barrio, donde me fotografiaron. Tenía la cara hecha papilla, los ojos morados y ensangrentados. Me tomaron las huellas dactilares y me retuvieron, porque yo también era sospechosa. A las policías que me acompañaban les pareció tan injusto que decidieron meterme en una celda aparte, sola, más tranquila. Me permitieron hacer varias llamadas. A mi hermano, que estaba en Massachusetts, para que acudiera. También hablé con nuestros amigos Sam y Collin; les pedí que fueran a recogerme y me llevaran al piso. Al cabo de dos días, decidí no denunciarlo. Tristan se instaló en Brooklyn, en casa de Sam y Collin. Sin duda, fue en ese momento cuando comprendí un poco mejor lo que experimentan las mujeres en ese tipo de situaciones, su sentimiento de culpa. Solo deseaba una cosa: que todo volviera a ser como antes. Incluso me dije que podía ser una oportunidad para evitar que ocurriera de nuevo. Tristan me escribió una carta preciosa en la que me decía que había entendido que tenía que trabajar sobre sí mismo, pero yo veía con toda claridad que estaba encolerizado. En su mente había perdido toda posibilidad de ser alguien bueno. Había perdido por completo la autoestima. No sabía cómo volver atrás, estaba en un callejón sin salida. Los dos empezamos a ir a terapia, hicimos incluso varias sesiones juntos. Solo que yo me daba cuenta de que Tristan se estaba hundiendo. Nos esforzamos al máximo durante seis meses. Acepté un trabajo para que él pudiera terminar *La chica y el violín*. Vivíamos en una mentira. Yo lo sabía, pero se lo ocultaba incluso a mis amigos. Decía que había sido un accidente con un taxi. Al cabo de tres meses, volvió a beber. El número de porros que se fumaba al día también aumentaba. Fue entre abril o mayo de 2001. Estaba acabando de revisar *La chica y el violín* con sus editores. Hacia el mes de julio, empezó a trabajar en *Kornwolf*, quería cambiar de aires y marcharse de Nueva York. Sin duda, volver a empezar de cero. Borrarlo todo, emprender un nuevo inicio. Eso acabó de hundirme, estaba desesperada. Era mi ciudad, estaba muy unida a ella. Por el contrario, él quería escribir, esconderse, decía que necesitábamos aire, espacio. Propuso que nos fuéramos a vivir a Lancaster, donde él había crecido. Era obvio que no se trataba de una buena idea... No hace falta ser psiquiatra para entenderlo... Nos mudamos el 7 de septiembre de 2001, cuatro días antes del 11 de septiembre.»

*

La única forma de hablar con Michael Hoober es concertar una cita en la página web de la clínica donde trabaja como terapeuta de parejas; treinta minutos de prueba para que se encienda la cámara, como en un *peep-show*. Hoober está en su estudio, hundido en su sillón, y se anima en cuanto empezamos a hablar de su amigo. Según sus propias palabras: «Tuvimos una relación muy intensa durante dos años, hasta su muerte». Los dos eran más o menos de la misma edad, pero, aunque ambos eran originarios de Lancaster, no se conocían de antes, como si hubieran vivido unos destinos paralelos hasta que estos se habían cruzado, uno de la parte occidental del condado y el otro de la oriental.

Durante la sesión de terapia ficticia en línea, Michael Hoober insistió en hablar en primer lugar para, según dijo, «fijar el marco del intercambio». No era tanto porque desconfiara de los periodistas, sino por su deseo de recordar ciertas «evidencias»: la necesidad de hablar con «matices» de su amigo, de no omitir nada sobre la «complejidad» de su vida. En el pasado, Michael había sido manipulado y eso lo había hecho sufrir. La prensa había abreviado o modificado algunas de sus declaraciones, cosa que él lamentaba amargamente. Lo habían simplificado todo y los familiares de Tristan se habían sentido heridos. Al día siguiente de su muerte, le había llamado una periodista de *Los Angeles Times* y él había mordido el anzuelo o, al menos, eso fue lo que dijo. Después de preguntarle por Tristan, la reportera había querido saber qué pensaba de su suicidio en calidad de psicoterapeuta. «Metieron la respuesta en la pregunta diciéndome: "¿Sabía usted que era depresivo?", y creo que contesté algo así como: "Todos estamos deprimidos, todos intentamos comprender lo que nos sucede... Algunos días son buenos, otros malos. No todos estamos hechos de la misma pasta". Y ellos me citaron en el artículo escribiendo "Michael Hoober, psicoterapeuta, afirma que Tristan era depresivo". El resultado fue que al día siguiente alguien envió el artículo a la madre de Egolf. Esta se encolerizó y me prohibió que asistiera al funeral. En los días siguientes viví un auténtico caos emocional... Todos sus amigos se me echaron encima. Gente a la que no conocía. Me culpaban sin duda por el tiempo que Tristan y yo habíamos compartido durante los dos últimos años de su vida. En ese momento, yo estaba más presente que ellos en el mundo de él... Al menos, es lo que opino.» Me explicó que se habían frecuentado mucho entre 2003 y 2005, que se veían a diario. «Era un escritor superconcentrado en su trabajo y seguro de su vocación; tenía, además, un grupo musical. Por aquel entonces, yo había fundado un sello musical y tenía una tienda de discos. Hablábamos el mismo idioma. Teníamos un montón de proyectos. Lanzamos un diario, bueno, más bien el antecesor de la revista en línea. Se titulaba *Windmills,* en referencia a *Don Quijote,* un libro que Tristan veneraba. Intentamos conseguir algo de publicidad poniendo un anuncio en un bar, en el cine de la ciudad, pero al final sacamos cuatro chavos... Tratamos de monetizarlo —en aquella época decíamos "vender"— con suscripciones a una especie de pdf, que luego enviábamos por correo electrónico... Pero, como nadie pagaba, al final lo mandábamos gratis... Incluimos, por ejemplo, su novela, *Kornwolf,* que queríamos publicar por entregas. Tristan sentía una pasión poco común y absolutamente febril por la creación.» Mientras escuchaba de boca de Michael Hoober su «visión de Tristan», comprendí mejor hasta qué punto Hoober era incapaz de disociarla mentalmente de su juventud. Hablaba de él con melancolía, se reía de forma sonora y describía algunas de sus conversaciones como si fueran escenas sacadas de un cuaderno de su memoria. Su vida le parecía algo menos buena, algo menos tierna en ese momento, una vida ordenada. Cuando le dije que tenía intención de ir a Lancaster al cabo de una semana más o menos, enseguida se ofreció para ir a recogerme a la estación y guiarme por la ciudad. «Me emociona mucho la idea de llevarlo a todas partes, de hacer un tour "Lancaster/Tristan"», dijo riéndose. La sesión había terminado. Antes de despedirnos, sin embargo, me contó uno de sus sueños, como si fuera un paciente tumbado en el diván. Una curiosa paradoja que se repite: el periodista es un psicoanalista.

«El otro día soñé con Tristan. ¿Sabe?, a lo largo de mi vida he perdido a varios amigos, cuatro de ellos muy cercanos... Sueño también con otro de ellos, lo que me hace pensar que los dos restantes descansan en paz. En cambio, Tristan y Andy siguen ahí, en el limbo. Me lo imagino en mi sueño. Estoy en una ciudad como Filadelfia o Nueva York, en uno de esos bares antiguos que tienen montacargas. Estoy dentro de uno de esos trastos viejos y este no hace más que subir y bajar. Entonces veo a Tristan, es genial, pero no puedo salir de la plataforma. Y él me dice: "Vaya, tío, estás ahí, vamos a hacer esto y lo otro y vamos a hablar de un montón de cosas". Y me veo respondiéndole: "Pero Tristan, no puedo moverme... No puedo salir del montacargas". Es un sueño recurrente en el que siempre aparece él. Está a apenas unos metros de mí, pero no puedo aproximarme a él.»

*

Gretchen Egolf contestó por fin a mi primer correo electrónico. Aunque no sin cierta reticencia, aceptó que habláramos por videoconferencia. Sin duda preocupada por haber leído entre líneas que tenía previsto ir a Lancaster la víspera del día de Acción de Gracias, temía una visita inesperada a sus padres o incluso a Kara. De hecho, ella iba a ir allí para las fiestas y me pedía que no la contactara hasta que decidiera si avisar o no a su madre. Gretchen todavía estaba en Inglaterra y al día siguiente iba a coger un avión a Nueva York. Su vida se divide ahora entre el campo inglés, donde vive, y Estados Unidos, donde trabaja a tiempo parcial. Gretchen es una de esas actrices de televisión a las que todos conocemos sin saber su nombre, una de esas caras que interpretan papeles secundarios familiares, casi íntimos. Varias apariciones en series de éxito: *Roswell* (que vi con avidez cuando tenía quince años), *Ley y Orden* (un papel recurrente), *Navy: Investigación criminal*, *CSI: Miami*. También en varias películas, entre ellas: *El talento de Mr. Ripley* (en el papel de Fran, pero no consigo recordar su cara) o, en los últimos tiempos, *El hijo,* la cinta de un director francés en la que interpreta a una psiquiatra. Se había estrenado en la gran pantalla hacía un año y ya estaba disponible en las plataformas, así que, movido tanto por la obsesión como por el demonio de la serendipia, la vi entera con el único objetivo de presenciar la escena de la consulta (en la que Hugh Jackman y Laura Dern interpretan a los padres).

«Qué extrañas son las cosas», me decía pensando en lo raro que resulta que, apenas nos interesamos por las personas reales que aparecen en un reportaje, estas se nos presentan en forma de «personajes», de «caracteres», y se mueven en función del lugar o, mejor dicho, del papel que interpretan en la historia. Unos créditos, una compañía, un ballet orquestado. En ese sentido, Gretchen cumplía con el suyo, era la puerta de entrada al primer círculo. El dolor agudo de la pérdida, la violencia de la noticia, la protección de la memoria de su hermano, todo eso había determinado las sencillas reglas que regían esa comunidad: nadie podía hablar sin que Gretchen lo supiera so pena de ser expulsado de forma inmediata y definitiva, sin posibilidad de volver atrás. Una conspiración de silencio. La conversación que mantuvimos me pareció más bien un examen de admisión. Gretchen me pidió que le explicara con todo detalle el proyecto de la semblanza. Se mostró atenta y amable, pero no dejó que la conversación se desviara en ningún momento: no había accedido a verme para responder a mis preguntas, sino para recabar información. Me advirtió de que no habría censura, ya que se trataba de un asunto público, pero insistió en que ellos eran los únicos que podían decidir si estaban dispuestos o no a colaborar. Para fijar un plazo, le recordé que en breve iba a viajar a Lancaster. A lo que ella respondió sin más: «Hemos de hablarlo en familia. Le avisaremos».

Una de las palabras más importantes que se pronunciaron fue «legado», ya que definía la relación que la familia de Tristan Egolf mantenía con su obra y su vida.

*

Fecha: 16 de noviembre de 2023, 16:33
De: Hannah MacKenna
Para: Zachary Crane

Hola, Zachary:
Espero que estés bien.
Me ha llevado mucho tiempo revisar mis archivos y elegir fotografías que ilustren mi vida con Tristan o cartas que, considero, completan el relato de nuestra historia.
La carta manuscrita que te adjunto fue escrita mientras vivíamos separados tras los violentos sucesos del 7 de

septiembre de 2000. Me pregunto si los registros policiales aún conservarán las fotos de identidad de la detención y nuestras declaraciones...

Algunas de las imágenes se tomaron en Beverly Farms, la preciosa casa de campo de mis padres, donde pasamos algunos veranos; son aquellas donde se ve el mar al fondo. También he elegido una fotografía de nuestra perra *Alice* tumbada debajo del escritorio de Tristan mientras él escribía *La chica y el violín.*

Cuando me marché de Lancaster, escribí una carta a los padres de Tristan, que te adjunto también. No tengo ninguna fotografía de nuestra casa en la ciudad, un edificio bastante bonito de ladrillo rojo en una calle arbolada. Pero por dentro era tan sombría e inhóspita que nunca quise fotografiarla, incluso después de que acabáramos de amueblarla.

El retrato de Tristan con un gorro amarillo mirando el lago lo saqué unos días después de nuestra boda, mientras íbamos de camino a Oxford, Misisipi. Le hice esa foto contemplando la inmensidad porque quería captar a mi atractivo marido en medio de ese paisaje impresionante, aunque algo en su energía contrastaba con la serenidad del momento.

Todo siguió siendo tranquilo y maravilloso, pero mi corazón se volvió pesado de repente. Eso es lo que transmite la imagen.

Hasta pronto,

Hannah

P.D.: Me preguntaste si había escrito alguna canción sobre Tristan. «Skunks & Porcupines», que compuse para el grupo Hans, contiene sin duda las palabras más personales que aluden a nuestra historia:

«He intentado deshacerme de lo que no debía.
He intentado limpiar donde no podía,
porque eres tan hermoso como las mofetas y los puercoespines».

Fecha: 27 de noviembre de 2023, 15:23
De: Michael Hoober
Para: Zachary Crane

Aquí tienes una fotografía de Tristan y mía. Estábamos agotados tras un largo fin de semana de fiestas vodevilescas.
Los buenos viejos tiempos...
Michael
P.D.: ¿Cuándo vienes exactamente?

Fecha: 27 de noviembre de 2023, 17:45
De: Zachary Crane
Para: Michael Hoober

¡Vaya foto estupenda!
Mañana intentaré coger el expreso de Nueva York a Filadelfia a las 6 de la mañana, he visto que hay una conexión a las 8:35. Debería estar en la estación de Lancaster entre las 9:45 y las 10. Si te parece bien, podemos vernos en la estación.

Fecha: 27 de noviembre de 2023, 18:15
De: Michael Hoober
Para: Zachary Crane

¡Perfecto!

Egolf, una semblanza (III)

Regreso a Lancaster
Septiembre de 2001

En *Kornwolf,* su última novela, Tristan Egolf escribe: «Si a lo largo de esos años alguien le hubiera sugerido que Owen podía volver algún día a Stepford, habría procurado no reaccionar, aunque se habría sentido vagamente ofendido. Desde que había abandonado su ciudad natal, hacía ya más de diez años, siempre la había tachado sin tapujos de ser "el origen de su desgracia", el único lugar del mundo donde nunca podría vivir...».

Hannah y Tristan llegan a Lancaster en una furgoneta alquilada para la ocasión y cargada con todas sus pertenencias. Su perra, *Alice,* va en la parte trasera. Durante el trayecto, a medida que se van adentrando en ese rincón de Pensilvania, a Hannah le invade una angustia que nunca la abandonará. Tristan retoma enseguida sus costumbres, sus viejos amigos del instituto, su familia. Hannah, por su parte, se siente perdida y aprisionada. Tristan pasa todo el día escribiendo en un viejo ordenador que está en el piso de arriba. Ella intenta en vano encontrar su lugar, combatir el aburrimiento y la depresión.

A los cuatro días de su llegada, oyen en la radio que un avión se ha estrellado contra una de las torres del World Trade Center. Encienden el televisor y ven impotentes cómo se derrumba la ciudad. Angustiada y aturdida, Hannah llora por su barrio, convertido en un cementerio de ruinas y humo. «Tenía la impresión de que mi mundo se acababa, de que me iba a quedar sin un lugar seguro donde vivir. Los ataques, las torres destruidas, mi vida inestable con Tristan. Me sentía como si no hubiera salida, como si mi antiguo hogar hubiera desaparecido tras mi marcha.»

A finales de 2001 la situación empeora. Hannah y Tristan están atrapados en una espiral negativa. Siguen haciendo terapia, pero ya no creen en ella. «Se mostraba cada vez más irrespetuoso. Cosa, que, por otra parte, era lógica: ¿cómo se puede respetar a alguien que se queda en una situación así? Yo tampoco me respetaba. Era desesperante, un auténtico suplicio, un final patético.»

Al cabo de unos meses, en marzo de 2002, Hannah decide irse de Lancaster. «Era lo mejor que podía hacer. Le dije lo que tenía que decirle y me largué sin mirar atrás.» Dado que Gretchen está viviendo en ese momento en su piso, se instala a toda prisa en casa de un amigo, en las afueras de Nueva York. Trabaja un mes en una agencia inmobiliaria para no pensar demasiado. Cuando regresa a Nueva York, Tristan se va de Lancaster para pasar el verano en Indiana. Colin llama en varias ocasiones a Hannah, inquieto por el estado de su primo. «Me decía que era un desastre, que ya no sabía qué hacer. Me pidió ayuda, pero yo me negué. Estaba intentando olvidarlo. Ya no era asunto mío. Quería cortar por completo la relación.»

*

Kornwolf y Kara

Tristan finaliza 2002 como si estuviera viviendo una pesadilla. Tras pasar el verano en Indiana, vuelve a instalarse en una casa vacía. Se empeña en avanzar en la escritura de un tercer libro. Ya ha enviado *La chica y el violín* a sus editores y la novela ha dejado de interesarle. Habla de ella como de una obra mala, una «mierda», dice a sus amigos. Grove la publica en medio de la indiferencia general. Gallimard hace lo propio al año siguiente y recibe idéntico castigo. Por el contrario, *Kornwolf* apasiona a Tristan, aunque ese sea en cierta medida el drama de cualquier escritor: lanzarse al siguiente libro que, por el momento, es todo promesas, sin las cicatrices que conlleva el fracaso. La novela pretende contar la historia de un retorno a la Pensilvania profunda (¿les suena?) —o, para ser más exactos, a «Pensiltucky»— de un tal Owens Brynmor, un personaje demasiado marginal por ser excesivamente culto, que ha intentado abandonar ese pueblecito retrógrado un sinfín de veces (les sigue sonando, ¿verdad?), pero cuyos reveses profesionales siempre lo obligan a regresar (más de lo mismo). Consigue trabajo como reportero y empieza a boxear de nuevo con un entrenador, un tal Jack Stumpf. No tarda en hacerse con una primicia: el autor de los estragos y las depredaciones cometidos en las granjas de las inmediaciones es una criatura monstruosa, a menos que se trate de una farsa. Se sospecha de un joven amish, Ephraim Bontrager... Al igual que hizo en el caso de *El amo,* a Egolf le basta inspirarse en la población para escribir la novela. Hace averiguaciones sobre las comunidades amish de su infancia, pasa horas en la biblioteca consultando un sinfín de tesis sobre el folclore local, las viejas leyendas germanas, los hombres lobo, las bestias medievales, los cementerios indios, las matanzas de los confederados y las carnicerías perpetradas por la Unión. Cuando Nick lo visita, Tristan le habla enfervorizado de la trama del libro. Su amigo percibe que está renaciendo. Egolf le describe un cruce entre el género fantástico, policiaco y de terror. La novela se mueve entre una América rural degenerada y, al igual que en el primer libro, un lado urbano más contemporáneo encarnado por el narrador periodista.

Tristan toca música en bares con Jason Clouser, el guitarrista de Kitschchao, al que ha vuelto a ver. Forma un nuevo grupo, DTO, esto es, Doomed To Obscurity. Se inscribe en un club de boxeo, donde conoce a una pandilla de la que ya no se separará. Al igual que su personaje, Owens Brynmor, desahoga los nervios en los sacos de boxeo. Sabe que quiere escribir sobre ese deporte, igual que hizo su padre en el pasado, y que ese será uno de los resortes de la trama del libro. Arriesgándose a que lo noqueasen, Plimpton subió a un ring para escribir mejor sobre el noble arte. De modo parecido, Tristan se pone los guantes para ser más preciso en las escenas.

No está acabado. Sigue en pie.

Tristan Egolf se debatió toda su vida entre dos visiones de la existencia: Warren o la constancia, el amor y el camino recto, y Brad o la vida violenta, los excesos y la muerte.

Kara fue la promesa de una vida sana, de la página en blanco. La posibilidad de ser de verdad alguien bueno. La conoce en el Square One, el café de Lancaster donde trabaja de camarera. La historia es sencilla. Todo se precipita. Ella es mucho más joven. Los dos están muy enamorados. Viajan a Nueva Orleans. Kara se queda embarazada. Él recibe la noticia con una alegría especial, la de un nuevo futuro.

Su hija, Orla Story, nace el 12 de octubre de 2003.

Se instalan en una bonita casa de dos pisos en Charlotte Street, una calle bordeada de álamos. Tristan termina de escribir *Kornwolf* en el estudio que le prestan Michael y su pareja, Marie. Compagina la vida familiar con la redacción de la novela. Confía en que *Kornwolf* será su gran regreso. Así habla de ella a Nick, su joven amigo. Le pide además que sea el padrino de Orla y que cuide de ella en caso de que a él le suceda alguna desgracia.

13

Cogí un tren rumbo a Lancaster la víspera de Acción de Gracias. Como sucedía siempre en esa época, Nueva York se quedaba vacía. Ejércitos de estudiantes, jóvenes trabajadores y desarraigados de todo tipo se diseminaban por el territorio. El vagón estaba atestado. Dormí parte del trayecto y el resto del tiempo retomé mis anotaciones.

Una vez en Lancaster, era el único del andén que llevaba una gran mochila de camping y que trataba de abrirse paso entre los reencuentros, los abrazos y los besos. Michael Hoober me esperaba delante de la estación en su coche, un gran todoterreno. Me subí al asiento del copiloto y nos dirigimos a su consultorio. No dejaba de repetir lo mucho que se alegraba de haberme conocido. No sé si era la insistencia en expresar su entusiasmo o la manera en que describía nuestro encuentro como un momento feliz, el caso es que su actitud transmitía ya una honda tristeza. Me confió que su vida era menos animada que la que llevaba en tiempos de Tristan, aunque tampoco era desgraciada. Tenía un trabajo que a veces podía resultar incluso interesante y, en particular, una hija, el centro de todo. Adoraba a su niña, me decía. Una vez en su despacho, empezó a rebuscar en sus archivos; quería enseñarme a toda costa varios ejemplares de *Windmills*. Al final encontró el primer número de la revista. En la parte superior de la portada, a la izquierda, aparecía la silueta de un molino de viento de tipo español, símbolo de su lucha y logotipo mantra. Según me contó, había sido una idea de Tristan: combatir, puede que en aras de nada, pero combatir, en cualquier caso. En el índice del primer número de la publicación figuraba un análisis de las últimas elecciones presidenciales (la reelección de Bush), una primicia del primer capítulo de *Kornwolf*, críticas cinematográficas, una lista de MP3 únicamente disponibles en la página web Windmills Online.us, y un artículo titulado: «La naturaleza contra Dios: ¿sigue siendo relevante?».

Me dejó en el coche, con la calefacción puesta a tope, mientras reprogramaba la alarma de la clínica. Hojeé la revista. Me llamó la atención la diferencia que había entre la autoexigencia típica de Tristan Egolf y aquel diario estudiantil, un folleto entretenido sin más pretensiones. Michael Hoober parecía un Sancho *sui generis* que admiraba a su Quijote, Tristan Egolf, un tipo perdido en sus sueños y peleas imaginarias. Un

Sancho que se había quedado solo, que vivía cautivo de una época ya inexistente en la que había conocido a un genio incomprendido que aún se leía en Francia («¡¿Te imaginas?!»), desdeñado en su país y al que un periodista de *The New Yorker* estaba dispuesto a dedicarle una semblanza. Con más de cincuenta años a sus espaldas, estaba bastante machacado. *Windmills* era una revista extraña con la que Egolf había intentado comprender la reacción de un público inexistente al borrador de su nuevo libro. Curiosamente, en lo que constituía un culto descarado a su propia obra, se veían encartes publicitarios que comunicaban la próxima publicación de una novela en gestación con el eslogan: «Tristan Egolf: "¡Tiren el televisor por la ventana!"» y una fotografía de Tristan leyendo un libro en su salón. A la derecha figuraba un anuncio: «Si quiere saber más sobre los libros de Tristan Egolf y otros artículos, visite el sitio web u hostigue a la librería de su barrio. Próximamente: la tercera entrega de las aventuras de *Kornwolf* en Grove Press».

Antes de dirigirnos a uno de los bares favoritos de Tristan, Michael insistió en llevarme al mercado cubierto de Lancaster («¡El más antiguo de Estados Unidos!»). Tenía una lista de recados para la comida de Acción de Gracias que había prometido hacer a su esposa a cambio de que esta lo dejara ausentarse durante todo el día. En cada puesto que nos deteníamos, me presentaba como el periodista de *The New Yorker* que iba a escribir sobre Tristan. A la mayoría de la gente le importaba un comino; bueno, si he de ser franco, a todos sin excepción. Salí de allí con un bote de rábano picante, la especialidad de la zona, para no llegar con las manos vacías a Vermont. Michael volvió a hablarme de su relación con Tristan. En aquella época Michael vivía con una chica que tenía un cine en la ciudad. Allí fue donde se conocieron él y Tristan. Hasta organizaron en el cine un festival de cortometrajes (dijo que me enseñaría el lugar o, más bien, lo que quedaba de él, porque lo habían derribado para construir un aparcamiento). «Cuando lo conocí, en 2003, estaba inmerso en la escritura de *Kornwolf.* Orla aún no había nacido. Estaba metido de lleno en el libro. Le dedicaba todo el día, lo que me impresionaba mucho. Y necesitaba un lugar donde escribir. La chica con la que yo salía en aquella época, la propietaria del cine, acababa de perder a su madre. Habíamos alquilado un piso para vivir juntos y heredó entonces una casucha al fondo de un callejón sin salida. Allí fue donde Tristan escribió su libro. Colgó en una pared de la habitación el plan de *Kornwolf.* Una hoja para cada capítulo, con un resumen detallado. Un poco como las viejas novelas por entregas en las que el título del capítulo resume la trama; algo así como "Donde se descubre que el héroe...". Tecleaba frenéticamente en su viejo ordenador, un procesador de textos de gran tamaño que estaba hecho polvo. Y, cuando el aparato se bloqueaba y a él se le había olvidado guardar el documento, se le oía gritar en un kilómetro a la redonda...»

Tras beber unas cervezas en la barra del bar, retomamos el camino. Michael tenía en mente una ruta de peregrinación. Primero nos desviamos por Lemon Street, donde estaba la primera casa donde había vivido Tristan tras su regreso. Después, doblamos hacia Charlotte Street para ver la última, donde había nacido Orla. Detuvo el coche delante del edificio. Michael parecía inquieto. Temía que lo reconocieran y que salieran a meterse con él. Antes de abandonar el casco antiguo, insistió en pasar por delante de Square One, en Duke Street, el café donde trabajaba Kara cuando Tristan la conoció. Al igual que un guía turístico armado de un micrófono en un autobús, sabía cómo causar efecto. Delante de una tienda de comestibles me dijo que antes de que existiera ese local «vegetariano/bohemio/deconstruido» allí había un bar *rock* cuyo nombre se inspiraba en la canción de Pink Floyd «Wish You Were Here», donde Tristan trabajaba como friegaplatos cuando se quedaba sin blanca. Frente a otra tienda, un taller de alfarería, me dijo que anotara la dirección y que volviera por mi cuenta, que debía preguntar por el marido de la dueña, un tal Bobby. Egolf se había inspirado en él para construir el personaje de Roddy Lowe, el boxeador aficionado de *Kornwolf*. Pero Michael no quería acercarse a la tienda; me contó apesadumbrado que el tipo le guardaba rencor. Que nunca había podido explicarse con él y que lo lamentaba, al igual que con el resto.

Acto seguido, nos adentramos en el campo hasta llegar a la casa donde Tristan había pasado su infancia (Paula y Gary vivían ahora en la ciudad) y dimos unas cuantas vueltas buscando la entrada del instituto de Landisville. Al final hicimos una parada en el pueblo amish donde habían detenido a Tristan y a los Seis de Smoketown.

Egolf, una semblanza (IV)

Los Seis de Smoketown

Lancaster es conocida por ser la puerta de acceso al país amish. Esta comunidad llegó a Estados Unidos a principios del siglo XVIII, huyendo de las persecuciones que estaban teniendo lugar en Suiza, Alemania y Alsacia, y encontró refugio en los valles fértiles de Pensilvania. Vivían allí conforme a un sistema de autarquía, alejados del progreso, del que huían, y de las costumbres de una sociedad liberal a la que aborrecían. Lancaster y, en especial, Smoketown son lugares emblemáticos de la confederación amish, el escaparate de esa forma de vida. El Amish Tour, el falso pueblo de Kitchen Kettle y los innumerables carros en las carreteras de Lancaster sustentan la idea de un pueblo reacio a la modernidad. Además, se trata de un electorado especial, que vota en masa a un mismo candidato y, dado que Pensilvania es un estado indeciso, de tradición demócrata y obrera, pero cada vez más de derechas, la visita al pueblo amish se ha convertido en una etapa imprescindible en la gira electoral de cualquier candidato republicano. George W. Bush hijo no se habría perdido por nada del mundo esa breve excursión para calentar motores de cara a la reelección. La visita está prevista para el 14 de octubre de 2004, varias semanas antes de las elecciones. Desde los ataques del 11 de Septiembre y debido a la guerra contra el terror, la sociedad se divide en dos bandos: los que consideran que no debe haber obstáculos en la lucha contra el terrorismo, que lo único que cuenta es la eficacia de los medios aplicados y la seguridad; y los que piensan que la vigilancia generalizada en todo el territorio atenta contra la idea misma de libertad individual. Tristan es uno de estos, le horrorizan la manera en que se trata al enemigo imaginario, los innumerables abusos que se han cometido en Afganistán e Irak, la violenta obstinación de una nación cegada. Bush y su administración son una lacra. El 11 de Septiembre es un cheque en blanco para poner en marcha una cruzada bárbara, sin fe ni ley. Cuando Tristan se entera de la visita de Bush al territorio amish, nace en él un único deseo: unirse a los cortejos que se extenderán a lo largo de la carretera y causar sensación. Si algo no le faltan son ideas para animar una manifestación; al igual que su padre en su día, pero del otro lado de la cruz, del lado bueno, diría él. A lo largo del año 2004 su compromiso se acrecienta, lo obsesionan la política y la lucha contra el Pentágono corrupto y los belicistas, las innumerables imágenes de torturas en Irak, y las conspiraciones de la CIA, que ve por todas partes. Pero una imagen aterroriza en particular a Tristan y sus amigos: la pirámide humana de la prisión de Abu Ghraib. Las fotografías que se han hallado de los soldados estadounidenses y los macabros juegos que se realizan en la cárcel iraquí. Las imágenes indelebles de la barbarie existente en el campo del bien: el hombre encapuchado con los brazos atados a unos cables eléctricos manteniendo el equilibrio, la pirámide de cuerpos humillados, desnudos y martirizados por obra de la estupidez más miserable, la impunidad de los jóvenes soldados. Al igual que le sucedió cuando escribió *El amo del corral*, Tristan tiene la sensación de que la realidad se superpone a la ficción, de que se divierte añadiendo detalles, exagerando, yendo más allá de lo inverosímil. El joven amish que protagoniza *Kornwolf* ve cómo, tras cuatro años de guerra sanguinaria, su comunidad acoge al jefe de los hombres lobo.

Egolf, cuyo activismo se limita a protestar delante del Ayuntamiento de Lancaster, lanza la idea de una actuación colectiva para dar la bienvenida al coche del presidente. De esa manera surge el pequeño espectáculo callejero de los Seis de Smoketown. Lo acompañan seis estudiantes: Ben Keely, Jonathan Kohler, los hermanos Russel y Adam Willard y David Obryant, todos ellos de entre dieciocho y veintidós años. Solo falta Michael Hoober: «Acababa de empezar un nuevo trabajo y debía ser prudente, pero me acuerdo de la conversación con Tristan sobre la visita de Bush. Recuerdo que estábamos en el porche y que él me dijo: "Tenemos que hacer algo... Una pirámide como la de Abu Ghraib, eso es"».

Los «Seis de Smoketown» se desnudaron para recrear la escandalosa imagen de la pirámide humana de la prisión.

Informe de la ACLU, Unión Estadounidense por las Libertades Civiles: Los Seis de Smoketown

Menos de dos minutos después de que formaran la pirámide humana, la policía desmanteló por la fuerza al grupo y se llevó esposados a sus miembros. Estos intentaban recrear la imagen infame que salió a la luz a raíz del escándalo relacionado con la prisión de Abu Ghraib en Irak.

«Los jóvenes fueron detenidos y retirados de la vía pública sin más motivo que el hecho de que su presencia habría molestado al presidente —declaró Paula Knudsen, abogada de la ACLU de Pensilvania que representaba a uno de los manifestantes—. Las detenciones se debieron a razones políticas, no legales. Es evidente que la actuación de estas personas está protegida por la Primera Enmienda, de manera que confiamos en que al final sean absueltos de todos los cargos.»

La Policía local se apresuró a intervenir para desmantelar por la fuerza la pirámide antes de que la comitiva de Bush llegara a su destino. Los policías esposaron a los seis manifestantes, pero un séptimo huyó y no pudo ser identificado. Uno de los detenidos, Ben Keely, de veintidós años, sufrió una torcedura en el brazo, lo tiraron al suelo y lo esposaron con tanta violencia que su mano izquierda permaneció entumecida hasta bien entrada la noche del día siguiente. Los seis manifestantes fueron acusados de «desorden público». «Es triste que te detengan en Estados Unidos por expresar tus opiniones políticas», declaró Tristan Egolf, de treinta y dos años, residente en Lancaster, novelista y uno de los Seis de Smoketown. «El único delito que se cometió en realidad fue la vulneración por parte de la policía de los derechos que protege la Primera Enmienda.»

El juicio de los Seis de Smoketown comenzó el lunes 18 de octubre en el Tribunal del Condado de Lancaster.

*

Kornwolf

Tristan Egolf sale exhausto del juicio de los Seis de Smoketown. Sigue siendo objeto de un proceso judicial y su demanda contra el Estado tiene pocas posibilidades de prosperar.

Está puliendo la última versión de *Kornwolf.*

Al igual que las precedentes, la novela está repleta de referencias a su entorno, como Gary, su padrastro, «que busca nuevos itinerarios de cicloturismo», o Paula, «que pinta para captar la famosa luz de Nueva Inglaterra, a la que describía como "el sueño de cualquier pintor"»; varios amigos de Egolf aparecen en el manuscrito con su nombre real, como «uno de los corresponsales, un tal Michael Hoober, originario de Windmill City (Virginia)»; el nombre de uno de los bares lleva el apodo de Jason Clouser: «la taberna de Dogboy»; ciertas localidades, como Smoketown, juegan con el efecto de realidad, y otras, como «Hutchinson», evocan Indiana.

A finales de otoño, Tristan decide enviar el manuscrito a su agente. El final del trabajo, la esperanza de salir de nuevo a flote le lleva a vivir una fase eufórica. Tiene la sensación de haber recuperado el nivel de *El amo.* Después de haber sacrificado tanto a la escritura, está listo para disfrutar de un auténtico presente, sin un proyecto que lo obsesione ni remordimientos que lo corroan. Pasa mucho tiempo con su hija. La ve crecer, aprender a hablar y a andar.

A medida que la espera se prolonga, Tristan empieza a dudar del libro. No tiene noticias durante varios meses. Se desespera. En su entorno irradia una calma engañosa. Escribe a sus editores extranjeros para enviarles directamente el texto, pero estos no le responden. Al final, recibe un correo electrónico de su agente con la oferta de Grove, su editor. Es muy baja y no va acompañada de ningún comentario. La propuesta revela por sí sola la opinión de la editorial: no les ha gustado la nueva novela de Egolf y solo la publicarán por fidelidad al autor. Quizá sea mejor abandonar. Tristan se siente naufragar.

14

Me costaba mucho aislarme. Debía revisar unas cuantas horas de grabación y Michael Hoober me había propuesto que nos viéramos en un bar. Quería hablarme de la muerte de Tristan. Yo había reservado una habitación en una pensión del casco antiguo y había alquilado un coche para ir a Vermont. Seguía esperando noticias de Gretchen por si debía cambiar la hora de partida. Había aprovechado que estaba solo y tranquilo en el hotel para enviarle un correo electrónico. Sabía que ella también había llegado. Quizá la presencia simultánea de los dos en Lancaster cambiaría las cosas.

Fecha: 28 de noviembre de 2023, 18:31
De: Zachary Crane
Para: Gretchen Egolf

Querida Gretchen:
Por si acaso, todavía estaré en Lancaster esta noche y mañana por la mañana. Si su madre o usted quieren verme, he reservado una habitación en el centro.
Atentamente,
Zachary

La cena con Michael fue francamente desagradable. Antes de reunirme con él, entré en la única librería de Lancaster. A decir verdad, más que una librería era una tienda de trastos viejos donde los vinilos de Neil Young rivalizaban con unos platos hondos de dudoso diseño. La clasificación de las estanterías ofrecía, además, atrevidas combinaciones. Encima de la dedicada a la poesía, situada encima de la sección de novelas románticas, había un retrato del bueno de William Faulkner, que había sido cartero, vendedor de granizados en un campo de golf, guionista, pintor de brocha gorda y escritor. Al final pregunté si tenían alguna novela de Tristan Egolf. No les sonaba de nada.

Estábamos en la barra del Lancaster Dispensing Company tomando pintas de cerveza y mojando tallos de apio en un recipiente enorme lleno de crema, y Michael bebió de forma metódica hasta que soltó lo que tenía pensado decirme:

«Había otra mujer, Sandra, ¿has oído hablar de

ella? Tuvieron una hija juntos. Si vieras a la niña... Es el vivo retrato de Tristan. La familia no quiere saber nada de esa historia... Dos o tres semanas antes de morir, Tristan vino a mi casa con su perro; estaba muy triste, abatido... Le pregunté qué le pasaba y me contestó: "Tuve una hija en París y la madre quiere que la reconozca. Fue hace mucho tiempo". Yo le respondí: "¿Qué problema hay?". Lo tranquilicé todo lo que pude, le dije que lo mejor era acogerla con los brazos abiertos... Se sentía fatal. Quería a su esposa, Kara, que solo tenía veintiún años, y temía hacerle daño, romper todo lo que había intentado construir con ella».

Conocía la historia de la hija secreta y estaba temiendo el momento en que Michael me hablara de ella. El nombre aparecía en el artículo de Jason Fagone y varios amigos de Tristan me habían hablado también de la existencia de la niña. Shelly había estado en el hospital cuando el parto. Se había peleado con Tristan por esa cuestión. Algunos recordaban haber visto a la pequeña en brazos de él en la Rue Campagne-Première o en otro lugar. La mujer se llamaba Sandra y había sido profesora de Tristan en la Alliance Française, en la sede del Boulevard Raspail. Se habían enamorado mientras ella le enseñaba francés. Fue un idilio de varias semanas, a finales de 1997. La niña había nacido el verano siguiente. Tristan se había asustado y había regresado a su país. Sandra se encontró sola en la maternidad, sin nadie que reconociera a su hija. Él había vuelto en otoño para el lanzamiento del libro y los dos lo habían intentado..., pero no había funcionado. Entonces, Tristan se marchó de nuevo a Nueva York. Sandra era la quinta madre de la dedicatoria.

Tras despedirme de Michael, paseé por Lancaster. Deambulé durante mucho tiempo, un poco borracho y con náuseas. Pasando de una calle a otra, acabé encontrando la casa de Egolf. En el porche, bañado por una luz anaranjada, había una mesa y dos sillas de plástico. Las ventanas estaban iluminadas y a través de las finas cortinas que las cubrían me pareció ver una silueta. Yo estaba en la acera de enfrente, con las manos metidas en los bolsillos del abrigo, esperando. La situación era a todas luces ridícula.

En el hotel me esperaba la respuesta de Gretchen a mi último mensaje.

Fecha: 28 de noviembre de 2023, 22:31
De: Gretchen Egolf
Para: Zachary Crane

Estimado Zachary:
He hablado con mi madre.
Muchas gracias por el tiempo que dedicó a comentar conmigo su proyecto referente a Tristan.
Quería darle a mi madre toda la información posible.

Después de nuestra conversación, he podido transmitirle a ella una propuesta completa y positiva, en mi opinión.
Aun así, lamento decirle que hemos optado por no participar en su investigación. Tenga la certeza de que lo hemos sopesado todo minuciosamente y de que nada de lo que hubiera podido usted añadir nos habría hecho cambiar de opinión. Es una decisión muy personal. Las dos creemos que la idea es muy interesante, pero el dolor que nos produce volver sobre nuestros recuerdos es demasiado fuerte. A eso se añade el que quizá podamos sentir en el futuro si la forma en que se cuenta lo sucedido no nos deja completamente satisfechas, y eso puede ocurrir a pesar de sus buenas intenciones. ¡Comprenderá que no somos unas lectoras objetivas! Además, usted no puede filtrar la historia como lo haríamos nosotras; entendemos que debe preservar la libertad creativa a la hora de llevar a cabo su trabajo. El sufrimiento es demasiado intenso y me veo obligada a apoyar a mi madre en esta tesitura. Como ya le he dicho, hay muchos factores en juego y es complicado. No tenemos ningún inconveniente en que hable con Marie o con Nick (y con cualquier persona a la que quiera consultar). La decisión les corresponde a ellos.
Es probable que mi madre no pueda leer su artículo, pero le deseamos mucha suerte en su elaboración. Como es obvio, la existencia de alguien se puede con-

tar desde muchas perspectivas y las versiones de la verdad son tan numerosas como las personas que hayan pasado por su vida.

Si mi madre cambia de opinión y accede a compartir información con usted, se lo haré saber, por supuesto. Espero que la redacción del texto vaya bien, Zachary, y en ese sentido le transmito mis mejores deseos.

Atentamente,
Gretchen

*

A la mañana siguiente recogí el coche en Hertz. Al salir del centro de la ciudad, me detuve en el *college* Franklin & Marshall. Circulé por la carretera que pasaba por delante del edificio hasta llegar a una gran colina cubierta de césped. Me recordaba el montículo del campo de béisbol de Charlie Brown. Tres árboles, unos álamos altos encaramados en la colina. Al pie de uno de ellos, que debía de haber sido plantado hacía unos veinte años, un montón de hojas muertas ocultaba una sencilla placa. Pasé la mano por encima y leí la inscripción:

Tristan Egolf
1971-2005

En cursiva figuraba también la última línea de *Kornwolf:*

«This story never ends...».

«Esta historia no termina jamás...»

V
This story never ends

Su paso por la literatura deja un rastro de sangre y muchas preguntas hechas por un mudo. Deja asimismo una o dos respuestas silenciosas.

Roberto Bolaño, *La literatura nazi en América*

15

San Francisco Books
Marzo de 2024

La vida es tan extraña que transforma cualquier tentativa de relato en ficción. Había quedado en reunirme con Camille en el bar Le Danton para firmar los papeles del divorcio. Llegué con bastante adelanto, de manera que para matar el tiempo entré en la librería americana que está en las inmediaciones de la Place de l'Odéon, al final de la Rue Monsieur-le-Prince: San Francisco Books Co. Pasé el dedo por las estanterías buscando un ejemplar de *Sueños de trenes,* de Denis Johnson. Desde que lo leí por primera vez cuando era estudiante, cogí la rara costumbre de comprarlo sistemáticamente cada vez que lo veía. Y de regalarlo. Hay varias ediciones de la obra, en forma de folleto o de verdadero libro, y en la cubierta de todas aparece una ilustración que da la impresión de estar hecha con carboncillo: un caballo al galope delante de un tren de vapor que avanza a toda velocidad por una llanura atravesada por una línea telegráfica. Una nube nimbada de un blanco luminoso flota sobre el paisaje calcinado y como cubierto por una capa de carbón. Es una novela muy breve, una miniatura del Oeste de los pioneros, un relato inventado sobre la vida de Robert Granier, recogido en un centenar de páginas. «Este hombre del que habría podido decirse que tenía pocos intereses en la vida, pero del que no se decía nada.» Todo comienza con una maldición: en las obras de un puente que cruza el río Moyea, cuatro obreros de una empresa ferroviaria intentan arrojar al barranco a un trabajador chino al que consideran sospechoso de robo. La tentativa fracasa y el hombre huye. Al cabo de muchos años, Granier ve perecer a su familia en un incendio.

Cuando, una vez en la caja, esperaba mi turno, desvié por un momento la mirada y descubrí el manuscrito original de *El amo del corral.* Me había topado con aquel documento de la manera más inverosímil. Allí estaba, a la venta, como cualquier otro volumen de la librería. Lo habían colocado a la derecha del mostrador, en lo alto de un montón tambaleante de manuscritos y libros apilados. Me parece, al menos es así como lo imagino ahora, que por un breve instante pensé que tenía que robarlo. No andaba muy desencaminado. Me dije que tenía que apoderarme de él sin pensármelo dos veces, ya que se trataba de una especie de *Rosebud,* el trineo que se arroja al fuego distraídamente al final de *Ciudadano Kane,* solo que, a diferencia de la película, donde el espectador horrorizado ve cómo arde el objeto de la búsqueda en medio de un batiburrillo de trastos, dejando al periodista sin posibilidad de resolver el enigma, en mi caso el manuscrito encuadernado y mecanografiado aguardaba a que se lo llevase ni más ni menos que el encargado de escribir su historia. El vendedor, un chaval joven, agarró el libro que le tendí y, mirando hacia otro lado, dijo: «¿Algo más?». Creo que en ese instante cogí el manuscrito y se lo entregué con la misma naturalidad con la que se añadiría un paquete de chicles o cerillas en la caja de una tienda de comestibles. El empleado tomó el ejemplar, lo volvió a dejar sobre la pila y dijo secamente:

—Está reservado.

Lo que vino a continuación fue un diálogo de sordos:

—¿Qué está reservado?

—Bueno, el manuscrito...

—¿No es posible comprarlo?

—No, acabo de decirle que está reservado. Mire abajo. El cliente ha pagado la mitad por adelantado. Está reservado.

Mientras yo sujetaba un extremo de la obra y él agarraba el otro para impedirme que saliera corriendo con ella, percibí cierta inquietud en su mirada. Después de ofrecerle el doble, olvidando que no era el dueño de la tienda y que, de hecho, le importaban un bledo tanto el precio como el comprador, le pregunté en tono casi de súplica, lo que dio a la escena un giro aún más absurdo:

—¿Podría dejar una nota para el cliente? Le escribo aquí mi correo electrónico y mi número de teléfono por si cambiara de opinión... —insistí, de forma que acabé pareciendo un psicópata peligroso—: En cualquier caso, me gustaría conocer a la persona que lo ha comprado. ¿Puede decírselo cuando venga a recogerlo?

—Es un pedido del extranjero, señor —me respondió el joven con una mezcla de desdén y hastío.

Cansado, y en parte también porque la cola se iba alargando, al final conseguí meter un pedazo de papel con mis datos y un mensaje dentro del manuscrito: «¿Puede ponerse en contacto conmigo para hablar de esta obra? Es importante».

*

Terminé de escribir la última versión de mi reportaje. Me costaba dar con el final, el remate, la lección que extraer del suicidio, de todas esas vidas destrozadas, de todos esos recuerdos de los que ahora era depositario. «En el suicidio buscamos el sermón; en el quíntuple asesinato, la lección social o moral. Interpretamos lo que vemos, seleccionamos de entre las distintas opciones la que nos encaje mejor. En particular, si somos escritores, vivimos imponiendo una trama narrativa a imágenes dispares, basándonos en las "ideas" con las que hemos aprendido a fijar ese tejido cambiante de fantasmagorías que es nuestra experiencia real», escribe Joan Didion en *The White Album*. ¿Significaba algo la aparición del manuscrito? ¿Resumía este la única pregunta que vale la pena en esta historia, esto es, puede matar un libro? En cierta manera, ¿era el arma del crimen? Volver por obstinación al texto y a la materialidad de la escritura, un cuaderno mecanografiado teñido de sangre, un veneno para quien escribe. La falta de inspiración, la depresión, la violencia del fracaso reiterado, el escritor encerrado, su inmensa soledad. La imagen misma del delirio en *El resplandor*. Los cientos de páginas acumuladas, una pila que se resume en una sola frase: *All work and no play makes Jack a dull boy*, es decir, sin ocio, el trabajo nos convierte en seres insulsos.

*

Un año antes de que Tristan Egolf falleciera, Rémy Lambrechts, su traductor, se había quitado la vida. La soledad. Isabelle Diu me habló así de su difunto marido. Lo evocaba como una grieta: el profundo deseo de estar solo y la violencia que genera el aislamiento. Contaba que Rémy había elegido ser traductor para ganar un espacio de retiro, el silencio y la paz que ofrece esa profesión. Su trayectoria universitaria lo empujaba más bien a enseñar matemáticas, «es decir, un lenguaje formal, que es pura sintaxis y cero semántica», pero él se desvió de ese camino. Leía muchísimo y hablaba inglés y alemán con fluidez, así que probó suerte con la traducción. Primero lo intentó con unos poemas de Rilke, sin editor, él solo, para medir sus dotes. Y le gustó el juego, el rompecabezas mental, el arriesgado malabarismo que debe hacerse para mantener el sentido y el sonido, sin perder ninguno de los dos. Su rigor, su inspiración, su modestia y su puntualidad lo convirtieron en un traductor apreciado y solicitado. Le confiaron a John Updike, Geoff Dyer y Saul Bellow. Su cultura germánica lo convertía en el candidato ideal para *El amo del corral.* Serge Chauvin y Christine Jordis no se equivocaron. Isabelle recuerda perfectamente la alegría de Rémy. Sentía una conexión especial con el libro; le gustaba su inventiva, el aspecto furioso y desesperado. Y estaba deseando conocer al autor. «Tristan vino a cenar a casa. Vivíamos en las afueras. La velada fue sencilla y alegre, muy amigable. Luego, cuando llegó el momento de despedirnos, nos abrazó y nos dijo en francés: "Gracias por haberme acogido en vuestra familia. Es maravilloso tener una".»

En *Un hombre afortunado,* el escritor John Berger describe la labor de un médico rural al que conocía, un hombre bueno del que intenta trazar un retrato fiel acompañándolo en sus visitas. Mientras van de un lugar a otro, Berger reflexiona sobre el valor de la vida humana. En un epílogo escrito quince años más tarde, el escritor evoca el suicidio del médico. Critica la visión hedonista que tenemos del instante y marca con el sello del fracaso el suicidio de un ser humano. «“¿Qué ha salido mal?”, nos preguntamos con ingenuidad.» Recuerda el sentido que le atribuía la tragedia griega, esto es, que puede formar parte del destino de esa vida sin que ello implique necesariamente que se la critique. Continúa hablando de su amigo: «John, el hombre al que quería, se suicidó. Su muerte cambió la historia de su vida. La hizo más enigmática, pero no más lúgubre. En ella veo la misma luz de siempre. Es, simplemente, más misteriosa. Y ese misterio hace que me sienta más humilde, aunque cuando pienso en él no lo hago con la pretensión de saber lo que quizá podría haber previsto y lo que no, como si faltara lo esencial de lo que sucedió entre nosotros; más bien parto de la muerte violenta y, desde ahí, reconsidero con mayor ternura lo que se propuso hacer y lo que brindó a los demás durante el tiempo que logró soportarlo».

*

El comprador del manuscrito no me contestó. Hasta el verano no comprendí las razones de su silencio. Un mes después de haber enviado la última versión de la semblanza de Tristan Egolf a Henry, recibí un sobre abultado que contenía el texto mecanografiado original de *El amo del corral*, además de mi trabajo corregido y con anotaciones. Los dos habían hecho el viaje de ida y vuelta entre París y Nueva York. Un breve mensaje acompañaba el envío: «Zachary, devolución al remitente. Quería regalarte esta reliquia con vistas a la publicación de tu artículo, pero por lo visto tenías prisa. Firmado: Henry Finder».

Al cabo de una semana, Henry me anunció que pensaba publicar la semblanza de Tristan Egolf en el número de Acción de Gracias. Le gustaba la idea de que el episodio de Lancaster tuviera lugar en ese periodo, que el lector se sumergiera en el reportaje mientras viajaba en tren o en avión para reunirse con su familia. Me hablaba de unos cuantos recortes necesarios, no porque el texto fuera excesivamente largo —la extensión de un artículo jamás era un criterio—, sino porque ciertos episodios no aportaban nada a la historia y otros pasajes se alargaban demasiado. Me decía que disponía de todas las vacaciones para trabajar en él al mismo tiempo que, de forma paralela, un *fact-checker* empezaría a verificar la información. Para asustarme e intrigarme a la vez, precisaba que no se trataba de un compañero que yo hubiera tenido en la revista, sino de una nueva incorporación que había contratado hacía seis meses y que le parecía especialmente perspicaz. En el siguiente correo electrónico me envió sus correcciones, sus propuestas —en pocas palabras, todas sus «recomendaciones indispensables de recortes o modificaciones»— y me presentó a Donna Lapham, a quien correspondía releer y examinar mi artículo, con las consabidas fórmulas e instrucciones. «Te agradecería que la recibieras bien y que le dieras todas tus anotaciones, cuadernos, borradores, listas de contactos con los correspondientes números de teléfono y correos electrónicos y, por descontado, las grabaciones de las conversaciones tanto oficiales como extraoficiales.» Había puesto en copia a Donna. En la posdata sugería que el artículo parafraseara el título de un libro de Ernest Hemingway: *The Short Happy Life of Tristan Egolf.*

En septiembre, mientras pulía el artículo buscando las repeticiones y las numerosas incongruencias, recibí un mensaje de la *fact-checker* con una serie de preguntas a las que respondí en el mismo correo electrónico.

Fecha: 5 de septiembre de 2024, 12:30
De: Donna Lapham – *The New Yorker*
Para: Zachary Crane

Estimado Zachary:
He leído con interés su indagación sobre la vida y obra de Tristan Egolf. Gracias por toda la documentación que me ha enviado, me ha facilitado mucho el trabajo. Aun así, he encontrado varios pasajes problemáticos en su reportaje, que enumero a continuación. Algunos

se deben a las respuestas que le dieron sus fuentes. También ha habido personas que se han negado a hablar o a conceder la autorización para reproducir ciertos documentos. ¿Podría enviarme sus respuestas/comentarios en un plazo de ocho días?
Atentamente,
Donna Lapham

1. ¿Quién le contó la anécdota del baño en la fosa séptica de Ámsterdam? No la encuentro por ninguna parte.
James me contó esa historia antes de que empezáramos a grabar. Puede llamarlo si quiere.
2. En cuanto al encuentro con M y la relación que hubo entre ellos, ¿confirma que toda la información se la han facilitado testigos?
Me he basado en el relato de testigos y en lo publicado previamente en la prensa, tanto en el artículo de Marion Van Renterghem en Le Monde *como en el de Didier Jacob en* Le Nouvel Observateur *o en el de Jason Fagone en* Philadelphia Magazine. *En la novela autobiográfica* Distante *también se narran los acontecimientos en su cronología original.*
3. Afirma usted que Dominique Zehrfuss le traduce a Egolf cuando, a la mesa, él no entiende algo, ¿de dónde ha sacado esa información? Nadie me lo ha confirmado.
Lo he deducido, pero tiene razón, lo eliminamos.

4. Usted escribe: «Todos intentamos sintetizar en unas cuantas palabras las obras maestras. Por ejemplo, *En busca del tiempo perdido:* "Es la historia de un niño que no puede dormir"». No encuentro ninguna referencia a un resumen de esa obra, pero sí al de otros libros.
Gracias, es un error... Puede corregirlo.
5. Menciona también que el escritor se sentía deprimido en Londres: «En Inglaterra, Tristan Egolf está alicaído». ¿En qué elementos se basa para afirmarlo?
En la novela Distante *se describe la vida que Egolf llevaba en Londres.*
6. Escribe también que Egolf descubre la crítica despiadada de *The New York Times* en la cafetería Odessa. Me ha resultado imposible verificar ese detalle. ¿Tiene otras fuentes complementarias?
No, ninguna. Reconozco que en ese caso se trata de una licencia poética, quería citar el nombre de esa cafetería del Bowery, que tuvo muchas dificultades durante el covid y que después desapareció. Era toda una institución. Es mi lado nostálgico...
7. Estamos de acuerdo en que la mayor parte de la información sobre Warren Evans procede de su autobiografía *Heroes Cry Too*, ¿es así?
Sí, se trata de un libro escrito a cuatro manos por Marcia Moen y Margo Heinen.
8. A propósito de Brad Evans, al igual que usted, no he encontrado el menor rastro de la entrevista que supuestamente le hizo a Yasser Arafat, ¿quiere mantener la le-

yenda guardando cierta distancia, como hace cuando la veracidad de los hechos no se ha comprobado del todo?
Sí.
9. ¿Está seguro de lo del ciclo Herzog en Filadelfia? No encuentro ningún programa que lo corrobore.
No, solo he oído hablar de él. Puede eliminarlo.
10. En cuanto al incidente de Nueva York con Hannah, no he encontrado nada en los registros policiales ni tampoco una fotografía de identificación.
A mí me pasó lo mismo, pero en la correspondencia que mantuvieron los dos dejan bastante claro lo que sucedió.
11. En una o dos ocasiones menciona a Siegfried, el hermanastro de Tristan y Gretchen, pero no añade nada más, ¿se trata de un olvido? Aprovecho para decirle que, si no me equivoco, en las óperas de Wagner no hay ningún personaje que se llame Gretchen.
No. Es evidente que me falta información. Sé que Tristan mantuvo correspondencia con su madrastra y que intentó ver de nuevo a Siegfried. Este no me respondió. Su seudónimo es Siegfried Faith, compone música electrónica con cierto aire New Order. *Puede escuchar en línea el álbum* Devil's Crossing. *Gracias también por la precisión wagneriana sobre Gretchen. Por cierto, en* El oro del Rin *sí que aparece un tal Siegfried: «La historia del muchacho que se fue a aprender lo que era el miedo».*
12. ¿Pertenecen a Gallimard los derechos de autor de las citas de los libros de Tristan Egolf?
Sí, así es en el caso de El amo del corral. *Los demás son de*

Grove y del Estate Tristan Egolf. Lo mismo ocurre con Distante: *Gallimard es dueña de los derechos de autor.*
13. Los títulos de las distintas partes de su semblanza hacen referencia a algunos cuentos de Salinger y de Foster Wallace, ¿me equivoco?
Sí, la mayoría, pero también he evocado a Talese y a Breece D'J Pancake (uno de los autores a los que Egolf adoraba).
14. Una última cosa, un consejo: haga lo que quiera, pero al final del artículo debería decirles a los lectores qué pasa con cada una de las personas que aparecen en él. No sé, por delicadeza, para cerrar bien esta historia, para apagar bien la luz.

Apagar la luz

Colin solo sobrevivió un año a su primo Tristan. Él, que había esquivado la muerte durante más de veinte, la encontró solo en un bosque de Indiana. Se pegó un tiro en la cabeza, entre los árboles.

Gretchen, Paula, Kara y Gary permanecieron unidos y cuidaron de Orla Story. La cara feliz de Tristan. Así es como todos querían recordarlo. La hija de Egolf tiene ahora veintiún años.

Nick, fiel amigo de Tristan y padrino de Orla, tuvo un gran éxito con su primera novela. Se liberó de la imagen de niño prodigio de las letras estadounidenses y hoy en día es reportero de guerra.

Marie Modiano sigue escribiendo y cantando. El fantasma de Tristan nunca se aleja de ella, como se puede apreciar en su último libro, en cuyas páginas incluye una carta dirigida a un joven desaparecido.

James y Shelly siguen luchando por reparar las grietas del edificio de Paillard. Recientemente instalaron en un solo día un taller de reparación de bicicletas en uno de los almacenes y proyectaron *Escuela de carteros,* de Jacques Tati.

Un año después de dejar a Tristan, Hannah grabó su primer álbum. Se volvió a casar en 2005. Sigue viviendo en Cambridge con Shawn, su marido. Ya no tiene ningún contacto con la familia Egolf.

Michael Hoober aún vive y trabaja en Lancaster. A veces sueña con su amigo.

Christine Jordis dudó mucho tiempo antes de publicar póstumamente *Kornwolf.* Al final se decidió a hacerlo para honrar la memoria de aquel joven tan triste y singular. Serge Chauvin buscó un traductor que sustituyera al difunto Rémy Lambrechts. Primero se lo propuso a Bernard Hoepffner, que lo rechazó, y luego a Francesca Gee, una joven recomendada por Jean-Pierre Richard. Tras aceptar, la traductora desapareció y regresó después sin dar ninguna explicación. La novela tardó más de dos años en llegar por fin a las librerías. Cuando estalló el caso Matzneff, sobre sus presuntos abusos a menores, salió a la luz que Francesca Gee había sido una de sus numerosas víctimas. A finales de la década de 2000 se la vio en Lancaster, donde reflexionaba sobre la idea de escribir un relato en torno al final de la vida de ese novelista al que admiraba.

Serge Chauvin sigue impartiendo clases de Cine y literatura estadounidense en la universidad. Últimamente ha traducido *Desconcierto,* de Richard Powers, y la última novela de Cormac McCarthy.

Anne-Solange Noble se jubiló hace dos años. Sus compañeros la homenajearon en Frankfurt como merecía. A pesar del «secuestro» de Wylie, Tristan Egolf aún es uno de sus mejores recuerdos profesionales. Sigue leyendo tanto como siempre y divide su tiempo entre París y Montreal.

Patrick Modiano fue galardonado con el Premio Nobel de Literatura en 2014. En Estocolmo declaró a modo de advertencia sobre este tipo de semblanzas: «Siempre he dudado antes de leer la biografía de un escritor al que admiraba. En ocasiones, los biógrafos se fijan en pequeños detalles, en testimonios no siempre exactos, en rasgos de carácter que parecen desconcertantes o decepcionantes, y todo eso me evoca las interferencias de ciertas emisiones de radio que me impiden oír la música o las voces. La única manera de entrar en la intimidad de un escritor es leyendo sus libros, ahí es donde se encuentra en su mejor momento y nos habla quedamente sin que su voz se vea perturbada por el ruido».

Cuando Tristan Egolf falleció, Modiano envió una breve nota de homenaje a la prensa, al final de la cual escribió: «Como era originario de Indiana, le copié en francés una frase de Scott Fitzgerald, escritor que también había nacido en el Medio Oeste. Hoy me resulta desgarradora porque me recuerda a Tristan: "Es extraño, una chica que entreví en el crepúsculo de una pequeña estación de Indiana me hizo pensar en el sur. La muchacha, que lucía un vestido de organdí rosa muy almidonado, abrazó a un hombre que se apeó del tren y lo llevó hacia el coche que los estaba esperando. Sentí una punzada en el corazón. Me pareció que lo arrastraba al mundo de los veranos olvidados de mis veinte años, donde el tiempo se había detenido y donde unas chicas llenas de encanto, apenas visibles, como el propio pasado, todavía deambulaban por las calles oscuras"».

FIN

NOTA DEL AUTOR

En esta novela, donde todo es verdad, solo el narrador y su vida escapan a esta estricta regla.

Las entrevistas y la correspondencia, los archivos, las fotografías, los relatos y las citas textuales han sido objeto de investigación. Los lugares y las fechas de las entrevistas se han modificado en algunos casos. La identidad del narrador, Zachary Crane, y el objetivo de su búsqueda, la publicación de un artículo en *The New Yorker,* no corresponden a la realidad.

Para aquellos que piensan que lo inverosímil siempre pertenece al ámbito de la ficción, el manuscrito original de *El amo del corral* que apareció en el mostrador de una librería americana en París fue un verdadero golpe del destino y la identidad del comprador sigue siendo un enigma.

Un agradecimiento especial a la comunidad de este libro, Violaine, Olivier, Manuel, Susanna, Emilie.

A Paul Auster.